湖畔の未亡人

葉月奏太
Souta Hazuki

三交社 文庫

目次

※この作品は艶情文庫のために書き下ろされたものです。

第一章　最高の筆おろし

1

九月に入り、暑さはいくらか緩んできた。

とはいえ、日差しはまだまだ強く、少し動いただけでも汗ばんでくる。夏はもうしばらくつづくようだ。

香川春人《かがわはると》はコンビニのレジに立ち、入口のドアごしに外の景色をぼんやり眺めていた。

時刻は午後四時を過ぎたところだ。客足が落ち着いているので、今のうちに商品棚の整理をしておいたほうがいいだろう。しかし、ほかのことが気になって仕方がない。

（今日は来ないのかな……）

心のなかでつぶやき、思わず小さなため息を漏らした。

昼から午後五時までのシフトに入っているのも、あの人が来店する可能性が高いからだ。会ったからといって、なにかあるわけではない。それでも、彼女の顔を見ることができるだけで充分だった。

春人は二十歳《はたち》の大学二年生だ。

北陸地方のとある小さな町でひとり暮らしをしながら、大学に通っている。このコンビニでアルバイトをはじめたのは、入学してすぐなので、そろそろ一年半になるところだ。

高校時代は華やかなキャンパスライフを夢見て、睡眠時間を削りながら受験勉強をがんばってきた。ところが、いざ入学してみると、理想と現実はまるで違っていた。

人見知りの性格が災いして、恋人どころか親しい友人もできないままだ。せっかくの夏休みだというのに遊びの誘いはいっさいなく、ほとんど毎日、こうしてコンビニのレジに立っている。

今にして思えば、スタートから完全に出遅れていた。オリエンテーションのときには、すでに気が合う者同士でいくつかのグループができつつあったが、どの輪にも入ることができなかったのだ。

少し勇気を出して話しかければよかったのに、それができなかった。結果として、アルバイト三昧《ざんまい》の学生生活を送っていた。

（でも、俺にはあの人が……）

春人はまたしてもコンビニの入口をチラリと見やった。

この町にある大学を選んだのは、もうひとつの目的があったからだ。大学で友人を作ることより、そちらのほうがはるかに重要だった。

「なにぼんやりしてるの？」

ふいに声をかけられてはっとする。

慌てて視線を向けると、菓子コーナーで品出しをしていた長谷川《はせがわ》有紗《ありさ》が、こちらをじっと見つめていた。

有紗は二十七歳の人妻だ。三年前に結婚して、近くの住宅街にある一戸建てに住んでいる。夫は商社に勤めており、子供はいないらしい。

マロンブラウンの髪はセミロングで、肩先に柔らかく垂れかかっている。腰がくびれているため、なおさら胸のふくらみが大きく見える。制服の青と白のストライプが、乳房の形をなぞるように艶《なま》めかしい曲線を描いていた。

「また外を見ていたでしょう」

有紗がレジに向かってゆっくり歩いてくる。

濃紺のスカートの裾《すそ》からストッキングに包まれた下肢が伸びており、足首は細く締まっている。歩を進めるたび、大きな乳房が微《かす》かに揺れた。そんな姿を見ていると、熟れた人妻の裸体をついつい想像してしまう。

(ど、どこを見てるんだ……)

心のなかで自分を戒める。

女体から視線をそらして平静を装うが、胸の鼓動は速くなっていた。童貞の春人にとって、人妻とふたりで働くのはなかなか刺激的な状況だ。そんな春人の気も知らず、有紗はいたずらっぽい微笑を浮かべていた。

有紗がアルバイトをはじめたのは三年前だという。

基本的にまじめな性格なので、仕事を覚えるのは早かったようだ。今ではコンビニのさまざまな業務を完璧《かんぺき》にこなすまでになり、店長から絶大な信頼を寄せられている。

もともと老夫婦がふたりでやっていた商店で、数年前にコンビニチェーンに加盟したという。有紗が出勤しているときは店をまかせることができるので、店長夫婦は二階にある自宅で休めると喜んでいた。

有紗は美人なのに気さくなので、客からも人気がある。彼女目当てで買い物に来る男性客もいるほどだ。

春人は有紗に仕事を教わったが、ドキドキしてなかなか覚えられなかった。もともと不器用なので、人を苛《いら》つかせてしまうことがよくある。それでも、有紗は根気よく丁寧に教えてくれた。

今日までなんとかアルバイトがつづいているのは、教え方が上手かった有紗のおかげだ。シフトがよく重なるので、人見知りが激しい春人でも普通に会話できるようになっている。とはいっても彼女は人妻だ。それ以上、距離が縮まることはなかった。

「もしかして、誰《だれ》か待ってるのかな？」

有紗はからかうような口調になっている。

内心を見透かされた気がして、慌ててしまう。だが、動揺を悟られるわけにはいかない。

「だ、誰も待ってませんよ」

「じゃあ、なにを見ていたの？」

「そ、それは……て、天気がいいから……」

口を開くほど、ボロが出てしまう。それでも、春人は視線を外に向けて、惚《とぼ》けつづけた。

「ふうん、天気ねぇ」

レジの前まで来た有紗が、楽しげに顔をのぞきこんでくる。

「てっきり、誰かを待ってるのかと思ったわ。例えば、きれいな女の人とか」

「そ、そんなわけないじゃないですか……は、ははは っ」

笑ってごまかそうとするが、頬《ほお》がひきつってしまう。そんな春人を見て、有紗は終始ニヤニヤしていた。

そのとき、客の来店を知らせるチャイムが鳴った。

入口に視線を向けた瞬間、胸の鼓動が一気に速くなる。そこには、ひとりの女性が立っていた。彼女の姿を目にしたことで、全身が燃えるように熱くなり、両目を大きく見開いた状態で固まった。

「いらっしゃいませ」

有紗の朗らかな声が店内に響き渡る。

しかし、春人はまったく反応できず立ちつくしていた。有紗に指摘されたことで、よけいに意識してしまう。待ち望んでいた女性が来店したのに、身動きできなくなっていた。

（い、いらっしゃい……ませ）

挨拶《あいさつ》しなければならないのに声が出ない。まるで時がとまったような錯覚に囚《とら》われていた。

そこに立っているのは憧《あこが》れの女性だ。

すらりとした身体《からだ》を白いワンピースに包んでいる。全身が眩《まばゆ》く輝いており、どこか幻想的ですらある。彫刻を思わせる整った顔立ちをしており、ストレートの黒髪が柔らかく揺れていた。

アーモンド形の瞳《ひとみ》でこちらを見つめてくる。目が合うと、彼女は口もとに微笑を浮かべて会釈した。

「春人くん、こんにちは」

高貴な楽器を彷彿《ほうふつ》とさせる美しい声音だ。何度も聞いているのに、うっとりしてしまう。

「ど、どうも……」

春人はかすれた声で挨拶するだけで精いっぱいだ。瞬《まばた》きするのも忘れて、彼女の顔を見つめていた。

店に入ってきたのは香川怜子《れいこ》。春人の父方の伯父《おじ》、香川大介《だいすけ》の後妻だ。つまり春人の伯母《おば》ということになる。

伯父が再婚すると聞いたのは五年前のことだ。

大介は十五年前に妻を不慮の事故で亡くしており、それ以来、浮いた話はいっさいなかった。それなのに突然、再婚すると聞いて驚いた。しかも、新妻の怜子は二十七歳だという。当時、大介は五十三歳だったので、じつに二十六歳差の結婚だった。

大介は北陸地方に十数店舗を展開するレストランチェーンの創業者で、地元では知らぬ者がいないほどの資産家だ。一方の怜子は取引先である食品加工会社の社長秘書をしていた。

大介は打ち合わせの席で怜子を見かけて、ひと目惚《めぼ》れしたという。結婚を前提とした交際を申しこんだが、当初、怜子は丁重に断った。地元の名士に見初められて、とまどったらしい。

それでも、大介はあきらめずに猛アタックをつづけた。忙しい仕事の合間を縫って連絡していたようだ。やがて情熱に心を動かされて、怜子はプロポーズを受け入れた。ふたりは晴れて夫婦となったのだ。

「わたしは品出しの途中だから、香川くんはレジをお願いね」

有紗は意味ありげに言うと、菓子コーナーに戻っていく。春人は返事をする余裕もなく、かろうじてうなずいた。

怜子は買い物カゴを持って、店内をゆっくり歩いている。雑誌コーナーの前をとおりすぎて一周すると、牛乳と玉子、それに食パンをカゴに入れた。

（怜子さん……）

思わず心のなかで呼びかける。

春人がはじめて怜子に会ったのは、結婚披露宴の席だった。純白のウェディングドレスに身を包んだ怜子を見たとき、胸を射貫《いぬ》かれたような衝撃を受けた。まさに女神のような美しさだった。

ひと目見た瞬間、恋に落ちていた。

当時、春人は十五歳だった。あの日以来、怜子のことばかり考えている。同年代の女性に興味が持てなくなり、恋人を作ることもなかった。恋人はほしかったが、どうしても怜子のことが頭から離れなかった。

怜子は伯父の妻だ。手の届かない存在だとわかっている。それなのに、どうしようもないほど心を惹《ひ》かれていた。

それから、たびたび伯父の家に遊びに行くようになった。

伯父の家は湖畔に建っているので、釣りにはまっているふりをした。本当はまるで興味がなかったが、怜子に会うための口実が必要だった。小遣いで釣り竿《ざお》を買い、伯父の家にせっせと通った。

しかし、結婚して半年後、伯父が癌《がん》に冒されていることが発覚した。長い闘病生活のすえ、大介は二年前に亡くなった。

葬儀の光景は昨日のことのように覚えている。

喪服に身を包んだ怜子のやつれた姿が忘れられない。黒紋付の肩を震わせながらも、懸命に弔問客の相手をしていた。

怜子は三十歳という若さで未亡人になってしまったのだ。

春人は言葉をかけることもできず、ただ見ていることしかできなかった。そして、三十二歳になった現在も、怜子はかつて夫婦で暮らしていた家にひとりで住んでいる。

そんな怜子が不憫《ふびん》でならなかった。

伯父が亡くなったとき、春人は高校三年生だった。力になりたかったが、十八歳だった自分にできることなどあるはずもない。せめて怜子の近くにいたいと思うのは、ごく自然な流れだった。

受験を控えていた春人は、怜子が住む町にある大学を目指すことにした。

春人の実家は隣の県にある。東京の大学に憧れるクラスメイトが多いなか、春人だけはこの町にある大学を第一志望にした。そして今、希望どおり怜子のそばで大学生活を送っている。

このコンビニでアルバイトをはじめたのも、怜子に会えることを期待したからだ。ここから怜子の家まで徒歩五分ほどだ。ときどき顔を見ることができればと思っていたが、これほど頻繁に来てくれるとは意外だった。

だが、これ以上の発展などあるはずがない。怜子からすれば春人は甥《おい》で、しかもひとまわりも年下だ。どんなに親しくなっても、恋愛対象として見てくれるはずがなかった。

(でも……それでも、俺は……)

胸の奥がズクリッと痛んだ。

ほかの女性など、まるで目に入らない。寝ても覚めても怜子のことばかり考えていた。

「春人くん、元気?」

怜子がレジに歩み寄ってくる。柔らかい笑みを向けられて、さらに緊張感が高まった。

「は、はい……」

春人は小声でつぶやくが、視線が重なっただけで顔がカッと熱くなる。

きっと赤面しているに違いない。気づかれないように顔をうつむかせて、買い物カゴを受け取った。

「またお水をいただきたいんだけど、いいかな？」

「もちろんです」

怜子が遠慮がちに尋ねてくると、春人はかぶせぎみに即答した。

彼女はミネラルウォーターを定期的に購入している。一箱に二リットルのペットボトルが六本入っているため、かなりの重さだ。以前は一本ずつ買っていたようだが、今は春人が自転車で届けていた。

とはいっても、このコンビニで配達をやっているわけではない。春人がアルバイトを終えてから、個人的に届けているのだ。

「助かるわ。でも、本当に迷惑じゃない？」

「いえ、帰る途中にちょっと寄るだけですから、遠慮しないでください」

あえて軽い口調を心がける。

そもそも、春人のほうから届けることを提案したのがはじまりだ。少しでも彼女の役に立てるのがうれしい。言葉を交わす機会も増えるし、春人にとってはいいことばかりだ。

「じゃあ、あとで寄りますね」

「ありがとう。よろしくね」

怜子は会計をすませると、レジ袋を手にして帰っていく。その後ろ姿を、春人はうっとり見つめていた。

ワンピースに包まれたヒップが左右に揺れている。裾から伸びる脚はすらりとして、足首はキュッと締まっていた。外に出てからも、ガラスごしに見つめつづけた。

「よかったわね」

ふいに声をかけられて、肩がビクッと跳ねあがる。いつの間にか、レジの前に有紗が立っていた。

「な、なにがですか？」

春人は慌てて表情を引き締めると、懸命に平静を装った。

「怜子さんのことに決まってるじゃない。会えてよかったね」

有紗が目をじっとのぞきこんでくる。

すべてを見透かされている気がしてならない。視線をそらして、レジ袋の残りをチェックするふりをする。

「べ、別に……」

さりげなく言ったつもりだが、声が微かに震えてしまう。動揺を隠すことができなかった。

「そんなに汗をかいて、どうしたの?」

「汗なんて……」

手の甲で額を拭《ぬぐ》うと、汗でじっとり湿っていた。

「ごまかさなくてもいいじゃない」

有紗はふふっと笑った。

最近は怜子が来店するたび、こうしてからかわれている。おそらく、春人が片想いしていることに気づいているのだろう。それでも、春人は決して認めることなく、首をかしげて惚けつづけた。

「な、なにを言ってるのか、さっぱり……」

「香川くん、すごくうれしそうだったよ」

「そ、そんなことないですよ」

春人はむきになって否定する。すると、有紗は不思議そうな顔になり、まじまじと目を見つめてきた。

「どうして否定するの？」

素朴な疑問といった感じの言い方だ。

まじめな表情になり、瞳で返答をうながしてくる。だが、春人はなにも答えられない。

「香川くんを見ていればわかるわよ。怜子さんと話すとき、すごくやさしい目をしてるもの」

「そ、そんなはず……」

「人を好きになっちゃいけないことなんてないのよ。自分の気持ちにウソをつくことはないでしょう」

有紗の声は意外なほど穏やかだ。いつになく真剣な瞳を向けられて、動揺が激しくなってしまう。

「ご、誤解です……」

汗がとまらなくなってしまう。春人は額の汗を再び拭うと、なんとか言葉を絞り出した。

たとえ図星を指されても、絶対に認めるわけにはいかない。怜子は春人の伯母だ。好きになってはいけない女性だ。自分の想いを怜子が知り、気まずい空気になるのをなにより恐れていた。

「好きなら好き、それでいいじゃない」

「だ、だから、別に好きじゃないですよ」

自分の言葉に悲しくなる。本当はずっと想いつづけている。決して叶《かな》うことのない片想いだ。

「気持ちを伝えたいと思わないの？」

「い、いや、だって……」

否定するたび胸が苦しくなる。自分の気持ちが変わることはない。だが、それを伝える勇気はなかった。

「相手が誰でも、構わないじゃない。好きになってしまったんだから……」

有紗は独りごとのようにつぶやくと、レジからすっと離れていく。

基本的に明るい性格だが、今日の有紗はいつもと違っていた。妙に説得力があり、考えさせられてしまう。これまで懸命に抑えてきた怜子への恋心が、急激にふくれあがるのを感じていた。

2

午後五時にアルバイトを終えると、春人は自転車の荷台にミネラルウォーターの入った段ボール箱を縛りつけた。

制服のストライプのシャツを脱ぎ、Tシャツにジーパンという格好になっている。日は傾いているが、気温はまだ高い。たいして動いていないのに、早くも腋《わき》の下がじっとり汗ばんでいた。

「香川くん、お疲れさま」

店から出てきた有紗が、軽く声をかけてくる。

彼女も今から帰るところだ。白いブラウスに濃紺のスカートという服装で、柔らかい微笑を浮かべていた。

「お疲れさまです」

春人は平静を装って挨拶する。

内心浮かれているが、顔に出さないように気をつけた。また突っこまれると面倒だ。しかし、有紗は意外にもあっさり帰っていった。

こちらの警戒が伝わったのだろうか。それとも、先ほどまじめに語ったことで恥ずかしくなったのかもしれない。いずれにせよ、よけいな詮索《せんさく》をされずにすんでほっとした。

（よし……）

春人は自転車にまたがり、怜子の顔を思い浮かべる。

歩いても五分ほどの距離なので、自転車で向かえばすぐに着く。だが、汗だくの状態で怜子に会いたくない。はやる気持ちを抑えて、ペダルをゆっくり漕《こ》ぎはじめた。

西の空はうっすらと茜《あかね》色に染まっている。住宅街を抜けると、もうそこは町外れだ。建物はまばらになって、車も歩行者もほとんど見かけなくなる。道はどんどん細くなり、いつしか周囲は森になっていた。

頭上に木々の枝が張り出し、日の光が遮られる。心なしか涼しくなったと感じたとき、前方でなにかがキラリと光った。まっすぐ伸びた道の先、森の奥にあるのは湖だ。静かに揺れる湖面が、光を反射していた。

さらに進むと、湖畔に赤レンガ造りの建物が見えてくる。

二階建ての洋館だ。外壁には蔦《つた》が這《は》いまわり、三角屋根は苔《こけ》むしている。しかし、放置されているわけではない。周辺の雑草は刈られており、窓ガラスは景色を反射するほど磨きあげられていた。

自転車の乾いたブレーキ音が、湖の静謐《せいひつ》な空気を振動させる。

春人は砂利が敷きつめられた地面に降り立ち、あらためて洋館を見あげた。こうして眺めていると、古い絵画のなかに迷いこんだと錯覚してしまう。近くにいるだけで、歴史の重みが伝わってくる気がした。

怜子はここにひとりで住んでいる。

かつてある大企業が建てた保養所を、伯父が再婚を機に買い取って改装したと聞いている。夫婦ふたりで住むには広すぎるが、湖畔の静かな環境が気に入ったという。

伯父は五十六歳でこの世を去った。

病に冒されたことは無念だったに違いない。しかし、怜子と暮らした数年間は幸せだったと思う。

(俺も、こんな家で怜子さんと……)

妄想が脳裏に浮かび、慌てて首を振って打ち消した。

自分が怜子とふたりきりの生活を送るなどあり得ない。考えても虚《むな》しくなるだけだ。

春人は荷台に積んだ段ボール箱の紐《ひも》をほどいて肩に担ぎ、洋館の玄関に歩み寄った。木製の大きなドアの前に立つと、いったん深呼吸してからインターホンのボタンを押した。

「はい」

すぐにスピーカーから怜子の声が聞こえてくる。

「春人です」

「いらっしゃい。今、行くわね」

微かな足音が近づいてきて、玄関ドアが開けられた。

「ありがとう。いつも助かるわ」

怜子がやさしく声をかけてくれる。

この声を聞けるのなら、毎日だって配達したいくらいだ。しかし、ひとり暮らしなので水の消費は少ない。コンビニにはよく来てくれるが、水の配達はせいぜい月に一度か二度のことだった。

「重かったでしょう」

「これくらい、たいしたことないです」

本当は段ボール箱を担いだ肩が痛いが、余裕のふりをする。惚れた女性に軟弱なやつと思われたくなかった。

「どうぞ、入って」

怜子がスリッパを出してくれる。

「はい。失礼します」

春人はスニーカーを脱ぎ、スリッパを履いて彼女のあとにつづいた。

いつも荷物をキッチンまで運んでいる。前を歩く怜子の黒髪から、甘いシャンプーの香りが漂ってきた。春人は密《ひそ》かに深呼吸して、魅惑的な芳香を肺いっぱいに吸いこんだ。

（ああっ、なんていい香りなんだ……）

毎度のことだが、どうしてもやめられない。

ここに来たときの楽しみのひとつだ。顔を合わせることはあっても、怜子に近づける機会はそうそうない。触れることができないなら、せめて香りだけでも嗅《か》ぎたかった。

「こっちに置いておきますね」

リビングに入ると、春人はキッチンのほうへと歩いていく。そして、いつものようにキッチンの脇《わき》の床に段ボール箱を置いた。

「春人くんが配達してくれるから、お買い物がとっても楽になったわ。本当にありがとう」

怜子があらたまって礼を言ってくれる。

白いワンピース姿で頭をさげると、ざっくり開いた襟もとから乳房の谷間がチラリと見えた。

ふたつの柔肉が寄せられて、深い渓谷を形作っている。彼女が動くことで、白い肌が静かに波打った。しかし、それはほんの一瞬の出来事で、すぐに怜子は顔をあげてしまう。

「これからも、頼りにしていいのかしら」

「も、もちろんです」

春人はとっさに視線をそらしてつぶやいた。

（み、見ちゃダメだ……）

胸に自己嫌悪が湧《わ》きあがる。

せっかく怜子が頼りにしてくれているのに、つい卑猥《ひわい》な目を向けてしまう。だが、反射的に見てしまうのは男の性《さが》だ。できれば怜子のすべてを知りたい。目に映るものは、すべて網膜に焼きつけておきたかった。

「ご飯、食べていってね」

怜子は当たり前のように言うと、食卓につくように勧めてくる。

荷物を運ぶと、必ず食事を振る舞ってくれる。春人がひとり暮らしをしているので、気にかけてくれているのだ。ぶ厚いステーキやカツ丼など、春人が喜びそうなものを作ってくれた。

「いつも、すみません」

春人は恐縮しながら席についた。

緊張しているが、内心、浮かれてもいる。なにより、怜子の手料理を食べられるのがうれしい。この席に座り、対面キッチンごしに怜子を眺めている時間も至福だった。

「あんまり期待しないでね」

視線を受けた怜子が照れ笑いを浮かべる。

ワンピースの上に、胸当てのある赤いエプロンをつけた姿は新妻のようだ。彼女と結婚すれば、毎日、こんな姿を見ることができるのだろう。わずかな間だったかもしれないが、怜子と暮らすことができた伯父がうらやましい。

（それに……）

ついエプロンの胸のふくらみに視線が向いてしまう。

想像せずにはいられない。彼女と夫婦になれば、当然ながら寝室をともにすることになる。怜子の熟れた女体を抱くことができるのだ。童貞の春人には想像すらできないが、きっと極上の快楽を得られるのではないか。

（な、なにを考えてるんだ……）

はっと我に返り、慌てて妄想を打ち消した。

ふたりきりになって怜子を見ていると、どうしてもよけいなことを考えてしまう。それにしても、今日はとくにおかしい。なぜか、いつも以上に気持ちが昂《たかぶ》っていた。

なんとか気持ちを落ち着かせようと、広いリビングに視線を巡らせる。

すると、アンティークの調度品が目に入った。確か伯父が趣味で取りそろえたと聞いている。

ウォールナットのテレビボードとサイドボードは見るからに年代物で、革製のどっしりとしたソファセットがL字形に配置されている。フローリングの床に敷かれているのはペルシャ絨毯《じゅうたん》だろうか。大きなガラステーブルがあり、天井から吊《つ》られているシャンデリアは宝石のようだ。

庶民の家とはかけ離れている。伯父が亡くなって二年経つが、今も余裕のある暮らしを送っているらしい。

伯父の葬儀で、小耳に挟んだ会話を思い出す。親戚《しんせき》たちが嫉妬《しっと》まじりに遺産のことを話していた。

――怜子さんと勇士《ゆうじ》のやつ、これで一生安泰だな。

伯父の莫大《ばくだい》な遺産を、怜子と勇士が相続するという。

勇士というのは、伯父と前妻の間に生まれたひとり息子だ。高校を中退してから東京で暮らしているが、なにをやっているのかはわからない。春人の八つ年上なので、今年二十八歳になったはずだ。昔から喧嘩《けんか》っ早く、中学のときから不良グループに属しており、伯父も手を焼いていたのを覚えている。とにかく、いい噂《うわさ》は聞かなかった。

勇士は父親の葬儀で数年ぶりに帰省した。

一応、黒いスーツに身を包んでいたが、ネクタイをだらしなく緩めているのが気になった。どこか着崩れた感じが荒れた生活を連想させた。髪はオールバックで無精髭《ぶしょうひげ》を生やしており、少なくとも会社員には見えなかった。

葬儀が終わると、勇士は怜子となにやら話しこんでいた。そして、会食には出席することなく東京に戻ってしまった。相続の手続きをするために帰省したのではないか。少なくとも春人はそう思っていた。

伯父はレストランチェーンの創業者だ。親戚たちの話によると、遺産はかなりの額になるらしい。怜子と勇士で分割しても、ふたりは一生働かずに生きていけるという噂だ。

――それにしても、怜子さんはツイてるよな。

男の嫉妬ほど醜いものはない。誰かがこそこそ話していた言葉が耳の奥に残っている。

怜子は後妻で、しかも結婚期間はわずか三年しかない。いろいろ言う者がいるのもわかる気はする。若い後妻がよく思われないのは仕方ないことだろう。莫大な遺産を相続したとなればなおさらだ。

しかし、伯父の晩年を知っている者は少ない。怜子が献身的に介護して、最期は自宅で息を引き取ったのだ。

春人は休みのたびに伯父の家に通っていた。怜子を支えたい一心だった。どれだけ手伝いができたかわからない。だが、怜子が懸命に介護する姿から、ふたりが心から愛し合っていたことは伝わってきた。

　そのことを知らずに、親戚たちは勝手なことを口にしている。あたかも、怜子が遺産目当てで結婚したような口ぶりだった。葬儀の席でなければ、怒りを抑えられなかったかもしれない。

（怜子さん……）

　あのときのことを思い出すと、怒りが再燃してしまう。夫を亡くしたうえ、親戚たちから妬《ねた》まれている怜子が憐《あわ》れでならなかった。

（俺は怜子さんの味方です）

　心のなかで語りかける。

　すると、調理をしていた怜子がちょうど顔をあげた。一瞬、心の声が聞こえたのかと思ってドキリとした。

「お待たせ。できたわよ」

　怜子は笑顔で告げると、トレーを手にしてキッチンから出てくる。そして、テーブルに料理の皿を並べていく。

「お代わりもあるから、たくさん食べてね」

皿にはハンバーグが載っている。つけ合わせは、にんじんのグラッセにマッシュポテトだ。それにコーンスープと白いご飯もあった。

「このハンバーグって、もしかして……」

「わたしの手作りなの。お口に合えばいいんだけど」

怜子はエプロンを取って向かいの席に座ると、遠慮がちにつぶやいた。

手作りと聞いて期待がふくれあがる。怜子の料理はなんでもおいしいが、いつも以上に心が躍っていた。

「いただきます」

春人はさっそくナイフとフォークを手に取った。

肉厚のハンバーグにナイフを入れて口に運ぶ。噛《か》んだ瞬間、肉汁がジュワッと溢《あふ》れ出した。

「うまいっ！」

思わず声をあげてしまう。

とにかくジューシーで柔らかくて、鼻に抜ける香りもたまらない。ソースの味も絶妙で、心がほっこりする家庭的な料理だ。

「こんなにうまいハンバーグを食べたの、生まれてはじめてです」

「おおげさね。別に普通のハンバーグよ」

照れ隠しなのか、怜子はさらりと受け流す。そして、自分で作ったハンバーグを口に運んだ。

「そんなことありません。これまで食べてきたなかで最高のハンバーグです。お店で出したら、きっと大人気になりますよ」

ついむきになって力説してしまう。

感動するほどおいしいと本気で思っている。だが、気持ちが伝わっていない気がしてもどかしい。なんとかわかってほしいのに、胸にひろがる高揚感を表現する言葉が浮かばなかった。

「ありがとう……」

怜子が食事の手をとめてつぶやいた。そして、なにか言いたげな瞳で見つめてくる。

「春人くんも、そんなに大きな声を出すのね」

「えっ……す、すみません。つい……」

羞恥《しゅうち》がこみあげて、顔がカッと熱くなる。

どうやら、気づかないうちに声のボリュームがあがっていたらしい。いつもなら怜子に受け流されても、そのままにしていただろう。だが、なぜか今日はむきになってしまった。

「謝らないで。照れ屋さんの春人くんが褒めてくれたんだもの。きっと、おいしくできたのね」

食事を再開した怜子は、口もとに微笑を浮かべている。

褒められたのが、そんなにうれしかったのだろうか。とにかく、彼女が楽しそうなので、春人も心が軽くなった。

「ひとりじゃないって……やっぱり、いいわね」

怜子がぽつりとつぶやいた。

言葉とは裏腹に、どこか淋《さび》しげな雰囲気が漂っている。ひとりの食卓がつらいのだろうか。夫を亡くして、もうすぐ二年になるが、いまだに悲しみから抜け出せないのかもしれない。

(俺が、伯父さんの代わりになるよ)

心のなかでつぶやくが、口に出すことはできなかった。

怜子と大介が、どれだけ愛し合っていたのか知っている。だからこそ、軽々しいことは言えない。伯母と甥という関係だけではなく、自分の入りこむ余地などないとわかっていた。

（でも……）

胸のうちで燻《くすぶ》っている想いがある。

長年、抑えこんできた気持ちが、今日はやけにふくれあがっている。ともすると暴れ出しそうで、自分でもとまどっていた。

（きっと、あのせいだ）

心当たりがあった。

アルバイト中に有紗から言われたことが、ずっと心に引っかかっている。さんざん煽《あお》られたことで、怜子への想いをあらためて自覚した。その結果、熱い気持ちを抑えられなくなっていた。

——気持ちを伝えたいと思わないの？

——相手が誰でも、構わないじゃない。好きになってしまったんだから……。

有紗の言葉が頭のなかをグルグルまわっている。

これまでは、手の届かない女性だと思ってあきらめていた。恋心は自分の胸にだけ秘めておくつもりだった。

近くにいるだけで満足していたのに、心境に変化が現れていた。叶わぬ恋だとわかっている。それでも、いや、それだからこそ、真剣な想いだけは知ってほしかった。

（い、いや、ダメだ……）

心のなかでブレーキがかかる。

気持ちを伝えたところで、彼女が応《こた》えてくれると思えない。怜子にとって、春人はただの甥っ子だ。しかも、ひとまわりも年下となれば、きっと子供にしか見えないだろう。

春人の想いを怜子が知れば、これまでの関係が壊れるのではないか。気軽に言葉を交わせなくなり、避けられてしまう気がする。怜子がコンビニで買い物をすることも、配達を頼まれることもなくなるかもしれない。

（そうなったら、もう……）

考えるだけで胸が締めつけられる。

やはり、このままのほうが幸せなのだろうか。春人は葛藤《かっとう》しながら食事をつづけた。

「ごちそうさまでした」

悶々《もんもん》としていたせいで、途中から味がわからなくなってしまった。

残念だが仕方がない。次の配達の機会までに、気持ちを伝えるかどうか決めるつもりだ。

「それじゃあ、俺はこれで——」

春人が腰を浮かしかけたとき、先に怜子が立ちあがった。

「紅茶を入れるから、ソファで待ってて」

引きとめられて困惑する。いつもなら帰るタイミングだ。思わず窓の外に視線を向けると、すでに日が落ちて暗くなっていた。

「でも、もう遅いから……」

伯母とはいえ、女性のひとり暮らしだ。遅くまでいるのはまずいだろう。しかし、とうの本人はまったく気にしている様子がない。

「少しくらい、いいじゃない」

怜子はそう言って、キッチンに向かってしまう。

春人はためらいながらもリビングに移動して、三人がけのソファの端に腰をおろした。焦げ茶の革製で座面は硬く、微かにミシッと軋《きし》む音がする。ソファの前にはガラステーブル、正面には大画面のテレビがあった。

エアコンは切ってあるが、窓から流れこんでくる風が心地いい。白いレースのカーテンが静かに揺れている。湖畔にあるせいか、春人のアパートより気温が低い気がした。

しばらくして、トレーを手にした怜子がやってくる。ティーカップをガラステーブルに置き、春人の隣に腰をおろした。

思ったよりも距離が近い。今にも肩が触れそうになっている。黒髪からは甘いシャンプーの香りも漂ってくる。この状況で緊張しないはずがない。春人は背すじを伸ばして、全身の筋肉を硬直させた。

「ダージリンなの。どうぞ」

「は、はい……」

震える指先でティーカップをつまんで口に運ぶ。しかし、極度の緊張で味などわからなかった。

「引きとめてごめんね。まだ、ひとりになりたくなかったの」

怜子がぽつりとつぶやいた。

やはり、夫を亡くした悲しみから立ち直れていないのだろう。淋しげな横顔を目にした瞬間、春人の胸にこみあげるものがあった。

（俺が、怜子さんの……）

悲しみを癒《いや》してあげたい。

そう思うと、もう抑えがきかなくなってきた。とにかく、自分の想いを伝えたい。そして、できることなら怜子の支えになりたかった。

「あ、あの……」

春人は体を少し怜子のほうに向けると、あらたまって声をかけた。

「どうしたの、深刻な顔して」

怜子が首をかしげて見つめてくる。

微笑を浮かべているが、どこか身構えている感じもある。もしかしたら、春人の想いに気づいたのだろうか。

「俺、ずっと前から――」

震える唇をゆっくり開いていく。そして、勇気を出して告白しようとした、まさにそのときだった。

「ごめんなさい」

怜子が言葉を重ねたことで、春人の声は遮られた。

「わたしが引きとめたりしたから、誤解させてしまったのね」

申しわけなさそうにつぶやき、視線をすっとそらしてしまう。春人がなにを言おうとしているのか悟ったのだろう。先回りする形で、はっきり拒絶されてしまった。

（そ、そんな……）

最高潮に盛りあがっていたので、気持ちのやり場がなくなってしまう。

言いたいことも言えず、中途半端な形で終わってしまった。むずかしいと思っていたので、交際できないのは仕方がない。しかし、告白すらさせてもらえないのは、あまりにも酷だった。

「もうすぐ、三回忌なの。それまでは……」

怜子の声が遠くに聞こえる。

しかし、春人はがっくりうつむいて顔を隠していた。恥ずかしくて、格好悪くて、この場から消えてしまいたかった。

（俺は、本気で……）

拒まれても、怜子への気持ちは変わらない。

十五歳ではじめて会ったときから想いつづけている。この先、怜子以上に好きな人が現れると思えなかった。

「春人くん、ごめんね」

怜子が再び謝り、春人の肩に手を乗せた。

その瞬間、全身に衝撃が駆け抜ける。なにしろ、一世一代の告白が空振りに終わった直後だ。Tシャツごしとはいえ、憧れの女性に触れられて、胸の鼓動が一気に速くなった。

3

「怜子さんっ」

頭のなかで、なにかがプツッと切れる音がした。

なにが起きたのか自分でもわからない。気づいたときには、彼女をソファに押し倒していた。

「は、春人くん？」

仰向けになった怜子が、不安げな瞳で見あげている。春人は彼女の両肩を押さえつけて、覆いかぶさる格好になっていた。

（お、俺は、なにを……）

ふと我に返ると同時に、焦りがこみあげてくる。

彼女への想いが募り、暴走してしまった。冗談ではすまされない。取り返しのつかないことをしてしまった。

（ま、まずい……あ、謝らないと……）

すぐに謝罪しなければと思うが、焦るあまり言葉が出ない。そうこうしている間に、怜子の顔がどんどんひきつっていく。

「は、離して……」

怯《おび》えの入りまじった声だった。

甥に押し倒されて、恐怖を覚えているのかもしれない。いずれにせよ、軽蔑《けいべつ》されたに違いない。今さら謝ったところで許してもらえないだろう。

（こ、こうなったら……）

行きつくところまで行くしかない。

彼女の濡《ぬ》れた瞳とほのかに漂ってくる甘い香り、それにワンピースの乳房のふくらみが、春人の理性を揺さぶった。

ふくれあがる欲望にまかせて、震える両手を乳房に重ねていく。服の上からとはいえ、はじめて女性の身体に触れたのだ。興奮と緊張にまみれながら、思いきって揉《も》みあげた。

「ダ、ダメ……いけないわ」

怜子が慌てて身をよじる。困ったように眉《まゆ》を八の字に歪《ゆが》めて、春人の手首をつかんできた。

「お、俺、本気なんです。本気で怜子さんのこと……」

感情が昂りすぎて言葉にならない。想いを告げられなかったことで、ますます暴走してしまう。もどかしさと女体にはじめて触れた興奮がミックスされて、乳房をグイグイ揉みあげた。

「ンンっ……」

怜子が苦しげな呻《うめ》きを漏らす。

もしかしたら、痛かったのだろうか。はじめてなので力の加減がわからず、春人は慌てて乳房から手を離した。

勢いで押し倒したが、童貞の春人にプランがあるはずもない。なにしろ、女体に触れたこともなかったのだ。焦るばかりでなにもできず、覆いかぶさった状態で固まった。

怜子はなにも言わない。仰向けのまま、じっとしている。潤んだ瞳には、悲しみと困惑が滲《にじ》んでいた。怜子のこんな表情は、これまで一度も目にしたことがなかった。

罪悪感がこみあげて、急激に胸を埋めつくしていく。春人は彼女の顔をまともに見ることができなくなった。

「す、すみません……」

結局、情けない声で謝罪する。

自分の行動を思い返して、顔から血の気が引いていく。なにしろ、伯母を押し倒したのだ。これまで築いてきた信頼関係を、自分の手で壊してしまった。すべてが音を立てて崩れ去った。

(も、もう、ダメだ……)

一刻も早く、この場から逃げ出したい。体を起こそうとしたとき、怜子に手を引かれて倒れこんだ。

「あっ……」

思わず小さな声を漏らした直後、春人はさらなる衝撃を受けた。顔が近づいたと思ったら、怜子が唇を重ねてきたのだ。

これが春人のファーストキスだ。蕩《とろ》けそうなほど柔らかい唇が、そっと触れている。表面が触れるだけのやさしいキスだ。それだけで頭のなかがまっ白になり、なにも考えられなくなった。

「もしかして、はじめてだった？」

怜子は唇を離すと、至近距離から見つめてくる。両手で春人の頬を挟みこんでおり、互いの鼻の先が軽く触れていた。

春人は言葉を発することもできずに目を見開いている。なにしろ、憧れの女性とキスをしたのだ。しかも、彼女のほうから唇を重ねてくれた。なにが起きたのか理解できていないが、驚きと感動で心まで震えていた。

「もし、はじめてだったら悪いことしちゃったかしら」

「そ、そんなこと……」

春人はかろうじて首を横に振る。これほど感激しているのに、誤解されたくなかった。

「だって、はじめてが伯母さんなんて、いやでしょう」

「いやじゃないです」

即座に彼女の言葉を否定する。

何百回も想像したが、実際に怜子とファーストキスを交わせるとは思いもしない。夢にまで見たことが現実になったのだ。春人にとって、これ以上の幸せはない。

かった。

（まさか、怜子さんと……）

この感動を伝えたいが、当てはまる言葉が見つからない。しかも、まだ頭が混乱しており、状況を理解できていなかった。

「ど、どうして……」

やっとのことで言葉を絞り出す。すると、怜子は内心を探るように目をじっとのぞきこんできた。

「気持ちはうれしいけど、春人くんは甥だから」

穏やかな声だった。

もしかしたら、以前から春人の想いに気づいていたのかもしれない。そのうえで、普通に接してくれていたのではないか。だからこそ、押し倒されても冷静だったのだろう。告白の言葉を遮ったのも、春人の気持ちを理解していたからに違いない。

「お、俺……ずっと前から……」

感情が昂り、思わず涙ぐんでしまう。自分の口から想いを伝えたいが、やはり言葉にならなかった。

「いいのよ。無理しないで。春人くんの気持ちはわかってるから」

怜子はそう言うと、春人の顔を引き寄せて再び唇を重ねてくれる。今度は表面が触れるだけではなく、舌を伸ばして唇に這わせてきた。

春人は緊張で硬くなっている。どうすればいいのかわからず、ただされるがままになっていた。すると、彼女の舌先が唇をこじ開けて、口内にヌルリッと入りこんだ。

歯茎や頬の内側を這いまわり、甘い唾液《だえき》を塗りつける。さらには奥でとまどっている春人の舌をからめとり、唾液ごとジュルジュルと吸いあげた。

（ううっ、ま、まさか……）

あの怜子とディープキスをしているのだ。それを自覚すると、腹の底から興奮がこみあげる。

キスがこれほど気持ちいいとは知らなかった。粘膜同士をヌルヌル擦《こす》り合わせるのがたまらない。いつしか春人も遠慮がちに舌を伸ばして、彼女の口のなかを舐《な》めまわした。

「はンっ……あふンっ」

怜子が微かに声を漏らすのも牡《おす》の興奮を煽り立てる。

舌をやさしく吸われるたび、股間《こかん》に血液がどんどん流れこんでいく。ペニスがふくらみはじめて焦るが、どうすることもできない。ディープキスの快楽から逃れられず、やがてジーパンの前がパンパンに張りつめてしまった。

「硬いのが、当たってるわ」

怜子が唇を離してつぶやいた。

春人の股間が、彼女の下腹部に触れている。勃起《ぼっき》していることに気づかれたのは間違いなかった。

「こ、これは、その……」

顔がカッと熱くなる。羞恥に全身を焼かれて隠れたくなるが、それでも勃起は収まらない。むしろ、ペニスはますます硬くなった。

「す、すみません」

体を起こそうとするが、すかさず怜子の両手が腰にまわされる。そして、グッと引き寄せられた。その結果、股間のふくらみが、ますます強く彼女の下腹部に密着した。

「謝らなくてもいいのよ」

怜子の声はあくまでもやさしい。ひとまわり年下の春人を気遣うような言い方になっていた。

「あまり経験がないんでしょう？」

「こ、こういうこと……は、はじめてなんです」

今さら格好つけても仕方がない。春人のとまどいは伝わっているはずだ。童貞だということは、もう、とうにバレているのではないか。

（俺、なに言ってるんだ……）

聞かれるままに答えたが、直後に激烈な羞恥がこみあげる。もう、彼女の顔を見ることができなかった。

「一度もないのね？」

怜子が念を押すように尋ねてくる。

「は、はい……」

童貞だと告白するのは恥ずかしい。春人は視線をそらしたまま、こっくりうなずいた。

怜子はそれきり黙りこんでしまう。

いったい、なにを考えているのだろうか。沈黙が重苦しくのしかかる。その間も、春人のふくらんだ股間は、彼女の下腹部に密着したままだ。緊張が張りつめているのに、ペニスが萎《な》える気配は微塵《みじん》もなかった。

「これきりにするって、約束できる？」

しばらくして、怜子のささやくような声が沈黙を破った。

目をのぞきこまれると期待がふくれあがる。もしかしたら、童貞を卒業できるのだろうか。春人はほとんど反射的にうなずいた。

「それじゃあ、寝室に行きましょう」

怜子の声が頭のなかで響き渡る。

胸の鼓動が速くなり、急に現実感がなくなった。立ちあがるが、身も心もふわふわしている。夢を見ているような感覚のなか、怜子に手を引かれてリビングをあとにした。

4

怜子につづいて階段をあがり、二階の廊下をゆっくり進む。突き当たりにあるドアを開けると、そこが怜子の寝室だ。

サイドテーブルに置かれたスタンドだけを点《つ》けると、飴《あめ》色のムーディな光が寝室を照らし出す。広い部屋の中央にダブルベッドがあり、壁ぎわに置かれた鏡台には香水の小瓶が並べてあった。

窓にはレースのカーテンがかかっており、湖を渡ってくる風に吹かれて静かに揺れていた。出窓になっているので腰をかけることができる。昼間なら湖が見渡せるが、今は夜の闇《やみ》だけがひろがっていた。

かつて、ここは夫婦の寝室だった。

春人が高校生だったころ、釣りを理由に何度か遊びに来た。そのとき、どうしても寝室が気になり、昼間にこっそり入ったことがある。ダブルベッドを目にしたとき、伯父に激しく嫉妬した。ここで怜子が抱かれていると思うと、胸がせつなく締めつけられたのを覚えている。

今、目の前にひろがっている光景は、あのときの記憶とまったく変わっていなかった。

（まさか、この部屋で……）

春人はベッドにふらふらと歩み寄った。

白いシーツが生々しく映る。緊張と興奮が同時に押し寄せて、硬いままの男根がズクリッと疼《うず》いた。

「服、脱ごうか」

怜子が声をかけてくる。

しかし、春人は動くことができない。憧れの女性の前で、裸になるのが恥ずかしい。しかも、ペニスは激しく屹立《きつりつ》しているのだ。童貞の春人が、そんな状態で自ら服を脱げるはずがなかった。

すると、怜子がすっと前にまわりこんでくる。そして、春人のTシャツの裾を指先で摘《つ》まんで、まくりあげていく。

「脱がしてあげる」

怜子はやさしく言うと、Tシャツを頭から抜き取った。さらにジーパンのボタンをはずして、ファスナーをジジジッと引きさげる。この間もペニスは勃起したままで、前が大きくテントを張っていた。

「な、なにを……」

春人はとまどってつぶやくが、抗《あらが》うわけではない。羞恥と期待がどんどんふくれあがっていた。

怜子が目の前にしゃがみこむ。ついにジーパンがおろされて、グレーのボクサーブリーフが見えてしまう。布地が張りつめており、ペニスの形がありありと浮かびあがっている。亀頭の先端には黒い染みがひろがっていた。

怜子の手により、ジーパンが脚から抜き取られる。さらにボクサーブリーフのウエスト部分に指がかけられた。

「ま、待って……」

恥ずかしさに耐えきれず声を漏らす。しかし、怜子は聞く耳を持たず、ボクサーブリーフをめくりおろした。とたんに屹立したペニスがビイインッと勢いよく跳ねあがった。

「ああっ」

怜子の唇からため息にも似た声が溢れ出す。雄々しくそそり勃《た》った肉柱を前にして、双眸《そうぼう》を見開いていた。

（み、見てる……れ、怜子さんが……）

視線を感じて激烈な羞恥がこみあげる。

困惑している間に、ボクサーブリーフをつま先から抜き取られてしまう。これで春人が身に着けている物はなにもなくなった。股間を両手で覆い隠したくなるが、それはそれで恥ずかしい。

（そ、そんな……）

春人は心細さに襲われて、思わずあとずさりする。ベッドの縁がふくらはぎにぶつかり、そのまま座りこんだ。

「すごく大きいのね」

怜子が独りごとのようにつぶやき、ゆっくり立ちあがる。いつしか瞳がしっとり潤み、頬がうっすらとピンクに染まっていた。

「わたしも……」

両手を背中にまわすと、ワンピースのファスナーをおろしていく。そして、裾をじりじりとまくりあげて、スラリとした脚が見えてくる。ストッキングは穿《は》いておらず、白くてなめらかな肌が露出した。

（おおっ……）

春人は思わず心のなかで唸《うな》った。

太腿《ふともも》には適度に脂が乗り、むっちりとしている。染みひとつない肌が艶々《つやつや》と輝いていた。勃起しているペニスがピクッと跳ねる。あの怜子が目の前で服を脱いでいるのだ。これで興奮しないはずがなかった。

「あんまり、見ないでね」

怜子が消え入りそうな声でつぶやく。頬をいっそう染めあげると、ワンピースを頭から抜き取った。

これで女体に纏《まと》っているのは、純白レースのブラジャーとパンティだけだ。大きな乳房がカップで中央に寄せられて、深い谷間を作っている。恥丘は肉厚でふっくらしており、面積の小さいパンティが貼《は》りついていた。

腰が艶めかしい曲線を描いている。平らな腹部には縦長の臍《へそ》があり、身じろぎするたびに変形するのが色っぽい。肌は新雪を思わせる白さで、絹のようになめらかだ。まるで高貴な美術品のように完璧だった。

「見ないでって、言ったのに……」

怜子はそう言いつつ、ブラジャーのホックをはずす。その直後、カップを押しのけて、たっぷりした双《ふた》つの乳房が溢れ出た。

（れ、怜子さんの、お、おっぱい……）

心のなかでつぶやくことで、さらに興奮がふくれあがる。

柔らかく波打つ様子は、大きなプリンのようだ。下膨れしたふくらみの頂点では、桜色の乳輪と乳首が揺れている。肌が白いだけに、先端の桜色がより鮮やかに感じた。

「すごく恥ずかしいのよ」

いつしか怜子の顔はまっ赤に染まっていた。

小さく息を吐き出すと、パンティのウエストに指をかける。そして、前かがみになりながら、最後の一枚をゆっくりおろしはじめた。

春人の視線を感じて羞恥に焼かれているのだろう。しかし、じりじり引きさげることで、春人はなおさら身を乗り出すことになる。やがてウエストのラインがさがり、恥丘にそよぐ陰毛が見えてきた。

（あ、あれが……）

春人は凝視しながら腹のなかで唸った。

黒々とした秘毛は、自然な感じで生い茂っている。盛りあがった恥丘を覆いつくす光景は、未亡人の秘めたる欲望を暗示しているようだ。

怜子は内腿をぴったり閉じて、熟れた尻《しり》を左右に振りながらパンティをおろしていく。そして、赤いペディキュアが塗られた足を交互にあげると、つま先から最後の一枚を抜き取った。

「はぁっ……」

ため息とも喘《あえ》ぎともつかぬ声を漏らすと、怜子は自分の身体を抱きしめた。

春人の目の前に信じられない光景がひろがっている。ずっと片想いをしていた伯母が、一糸纏わぬ姿になっているのだ。

三十二歳の熟れた女体はむちむちしており、自分の腕で押された乳房はプニュッとひしゃげている。自分で脱いでおきながら、片脚をくの字に曲げて、少しでも股間をガードしようとしている。陰毛がそよぐ恥丘を、手のひらで覆い隠す仕草も色っぽい。

「そんなに見ないで……」

怜子は歩み寄ってくると、ベッドに腰かけている春人の肩をそっと押す。そして、仰向けになるように誘導した。

「お、俺は、どうすれば……」

春人はベッドの中央に横たわっている。ペニスがそそり勃っているのが恥ずかしい。だが、怜子がベッドにあがってきたことで、羞恥は一瞬で興奮に塗り替えられた。

全裸の怜子が添い寝をしてくる。身体を寄せることで、乳房が腕に密着していた。柔らかく形を変えており、彼女の体温も伝わってくる。その状態で春人の顔をのぞきこんできた。

「本当に、はじめてがわたしでもいいの？」

息がかかる距離で尋ねてくる。春人はもはや目をそらすこともできず、カクカクとうなずいた。

（どうしても、怜子さんがいいんです）

心のなかでつぶやくだけで、口に出すことはできない。緊張と興奮が高まり、まともに話すこともできなかった。

それでも、熱い想いの一部は伝わったのかもしれない。怜子は微笑を浮かべると、添い寝の状態から右手を股間に伸ばしてくる。そして、太く張りつめたペニスに、ほっそりした白い指を巻きつけてきた。

「うっ……」

軽くつかまれただけで、甘い刺激がひろがっていく。思わず力が入り、両脚をピンッとつっぱらせた。

「ああっ、硬いわ」

怜子が色っぽくつぶやき、太幹に巻きつけた指をスライドさせる。ゆるゆるとしごかれて、たちまち快感が湧きあがった。

「くううッ、き、気持ちいいっ」

とてもではないが黙っていられない。両手でシーツを握りしめると、全身を硬直させる。ペニスの先端から透明な汁が溢れ出して、瞬く間に亀頭をぐっしょり濡らしていく。

「もう、こんなに……」

怜子はうっとりした顔で言うと、やさしくキスしてくれる。柔らかい唇がかぶさり、当たり前のように舌を滑りこませてきた。

「あふっ……はむンっ」

甘い息を吹きこみ、口のなかを舐めまわしてくる。舌を吸われながらペニスをしごかれると、早くも射精欲が芽生えてしまう。

「うむむっ、ま、待ってください」

慌てて唇を離して訴える。

これ以上、刺激を与えられたら暴発してしまう。男根はかつてないほど膨張して、大量のカウパー汁を垂れ流している。太幹には青すじが浮かび、小刻みに震えていた。

「もう少し、我慢してね」

怜子がペニスから手をすっと離す。そして、身体を起こすと、春人の股間にまたがった。

両膝《りょうひざ》をシーツにつけた騎乗位の体勢だ。スタンドの明かりが彼女の股間を照らしている。黒々とした陰毛と白くて柔らかそうな内腿、それに秘めたる部分がチラリと見えた。

（あ、あれが、怜子さんの……）

春人は首を持ちあげると、瞬きするのも忘れて凝視する。

怜子の内腿の奥までスタンドの明かりが届いており、濃い紅色の女陰がヌラリと光った。生で見るのはこれがはじめてだ。二枚の花弁はすでにぐっしょり濡れている。もしかしたら、彼女も興奮しているのだろうか。

「わたし、なにを……」

我に返ったように、怜子がぽつりとつぶやく。しかし、瞳はしっとり潤み、息遣いが荒くなっていた。

「約束して……最初で最後よ」

怜子がせつなげな瞳で語りかけてくる。春人は目を見開いたまま、首を何度も縦に振った。

セックスしたくて仕方ない。怜子と経験できるとは夢のようだ。とにかく、一刻も早くひとつになりたかった。

怜子は右手でペニスをつかむと、腰をゆっくり落としはじめる。亀頭が陰唇に触れて、クチュッという湿った音が響き渡った。

「春人くんと、こんなこと……」

まだ迷いがあるのかもしれない。怜子は小声でつぶやきながら、さらに腰を落としこむ。すると、亀頭が柔らかい部分にヌプッとはまり、熱い粘膜が覆いかぶさってきた。

「ああっ、春人くんっ」

怜子の声が寝室の空気を震わせる。それと同時に膣口《ちつこう》が締まり、カリ首を締めつけた。

「ううウッ」

鮮烈な快感が股間から脳天に突き抜ける。春人はたまらず呻き声を振りまき、全身の筋肉に力をこめた。

（は、入った……怜子さんとセックスしてるんだ）

ついに童貞を卒業したのだ。しかも、初体験の相手は怜子だ。まさか、こんな日が来るとは思いもしなかった。

感激がこみあげて、胸のうちを満たしていく。まだ亀頭が入っただけだが、膣粘膜に包まれる快感は強烈だ。蠢《うごめ》く襞《ひだ》に撫《な》でられるたび、新たな我慢汁が溢れ出すのがわかった。

「ううッ……れ、怜子さん」

「全部、挿《い》れるわね……はンンっ」

怜子がさらに尻を落としてくる。ペニスが女壺《にょつぼ》に呑《の》みこまれて、ついには根元まですべて収まった。

「くううッ、き、気持ちいいっ」

射精欲がふくれあがり、春人は慌てて尻の筋肉に力をこめた。

感激に浸っている余裕はない。熱い粘膜が男根に密着している。しかも、膣襞は意志を持った生き物のように蠢いており、肉棒全体に絶えず甘い刺激を送りこんでくるのだ。一瞬でも気を抜くと、精液が噴きあがってしまう。一秒でも長くつながっていたくて、奥歯をギリギリと食いしばった。

「ああンっ、お、大きい」

怜子の唇から喘ぎまじりの声が溢れ出す。

腰をくねらせて、膣のなかを肉棒でかきまわしている。鋭く張り出したカリが膣壁に食いこみ、クチュッ、ニチュッという淫《みだ》らな音が響き渡った。

怜子が腰をゆったり振りはじめる。互いの陰毛が擦れ合う前後動だ。膣のなかでペニスが揉みくちゃにされて、さらなる快感がこみあげる。早くも我慢汁がとまらなくなり、射精することで頭がいっぱいになった。

「お、俺、もう……ううッ」

「いつでもイッていいのよ。我慢しないで……ああンっ」

怜子も感じているのだろうか。甘い声で喘ぎながら、腰の動きを加速させていく。春人の腹に両手を置き、股間をクイクイとしゃくりあげてきた。

「ううッ……うううッ」

射精欲が急速にふくらんでいる。春人は無我夢中で両手を伸ばすと、目の前で揺れている双つの乳房を揉みあげた。

両手の指が、まるで吸いこまれるように沈みこむ。柔肉の蕩けそうな感触がたまらない。ねちっこく揉みあげては、先端で揺れる乳首を指先で摘まみあげて転がした。

「あンっ、春人くん……はああンっ」

怜子の喘ぎ声も艶っぽさを増していく。

乳首を刺激すると、腰のくねりが大きくなる。膣の締まりも強くなり、ペニスに無数の濡れ襞がからみつく。うねる女壺に絞りあげられると、いよいよ我慢ができなくなってきた。

「くううッ、も、もうダメですっ」

凄《すさ》まじい快楽の嵐《あらし》が吹き荒れる。春人はブリッジするような格好で、股間を思いきり突きあげた。

「あああッ、お、奥っ、はあああッ」

怜子が眉を歪めて、腰を激しく振り立てる。女壺のなかが猛烈にうねり、ペニスを吸いこむように波打った。

「で、出ちゃうっ、もう出ちゃいますっ」

訴えた直後に限界を突破する。女壺のなかでペニスが痙攣《けいれん》して、精液が尿道を駆け抜けていく。

「おおおおッ、き、気持ちいいっ、くおおおおおおおおおおッ！」

たまらず野太い声を振りまきながら仰け反《のぞ》った。

仰向けの状態で股間を突きあげると同時に、亀頭の先端から大量の白濁液が噴出する。かつて、これほどの快楽を味わったことはない。頭のなかがまっ白になるほどの愉悦がひろがった。

「あああッッ、あ、熱いっ、あああッ、はあああああああッ！」

怜子は両膝で春人の腰を挟みこみ、裸体をガクガク震わせた。

膣が思いきり締まり、ペニスをさらに絞りあげる。尿道に残っている精液まで吸い出されて、気が遠くなるほどの絶頂感に襲われた。

（こ、こんなにすごいなんて……）

春人は両手で怜子の腰をつかむと、最後の一滴まで注ぎこんだ。

脱力してシーツの上で大の字になる。すると、怜子も力つきたのか、胸もとに倒れこんできた。

彼女の乱れた吐息が首すじに吹きかかる。くすぐったさをともなう快感がひろがり、たまらず女体を抱きしめた。

（ああっ、怜子さん）

多幸感が胸にこみあげる。

しかし、この幸せが永遠ではないことを知っている。怜子は事前に何度も念を押していた。春人を憐れに思って筆おろしをしてくれたのだ。明日になれば、以前の伯母と甥に戻るのだろう。

（ずっと、このままで……）

時間がとまればいいと本気で願った。

とにかく、今だけは束《つか》の間の幸せに浸っていたい。怜子の背中にまわした両手に、ほんの少しだけ力をこめた。

第二章　人妻に癒されて

1

怜子との初体験から三日が経っていた。

春人はこの日もコンビニでアルバイトをしている。今はカップラーメンの品出しをしているところだ。

レジ打ち以外にもやることがたくさんある。手が空いたときに商品を棚に補充したり、バックヤードの整理をしたり、弁当や惣菜《そうざい》の期限切れもチェックする必要がある。本部に商品の発注をするのもアルバイトの仕事だ。

しかし、今ひとつ集中力に欠けている。先ほどから何度も手を滑らせて、カップラーメンを床に落としていた。しっかりしなければと思うが、どうしても意識が仕事以外のことに向いてしまう。

（今日も来ないのかな……）

思わず心のなかでつぶやいた。

あの日から、怜子のことが頭から離れない。はじめて会ったときから心を惹かれていたが、春人のなかで存在感がさらに大きくなっていた。

なにしろ、筆おろしをしてもらったのだ。これまでは片想いをしていただけだが、一生忘れられない女性になった。

ところが、最近、怜子はコンビニに来ていない。これまでも三日くらい間隔が空くことはめずらしくなかった。しかし、あんなことのあとなので不安になってしまう。

（もしかして、避けられてるのか？）

思考はどうしても悪いほうに向いてしまう。

あの夜、すべてが終わったあと、我に返った怜子は気まずそうにしていた。目も合わせてくれず、背中を向けてしまった。春人は居づらくなり、そそくさと服を身に着けた。

――一生の思い出になりました。

そう告げたとき、胸に熱いものがこみあげて涙がこぼれそうになった。

怜子とセックスできた喜びと、これが最初で最後なのだというせつなさが、複雑にからみ合っていた。

怜子はなにも答えてくれなかった。

今にして思えば、甥とセックスしたことを後悔していたのかもしれない。裸で横たわったまま、肩を小刻みに震わせていた。

頭ではわかっているつもりだった。

怜子は春人を憐れに思い、初体験の相手をしてくれただけだ。最初から一度きりの関係で、ふたりの仲が発展することはない。翌日になれば、何事もなかったように以前の暮らしに戻っている。最高の体験をできたのだから、最高の思い出を胸に生きていこう。そう思っていた。

しかし、春人はより強く怜子に惹かれている。

たった三日、怜子がコンビニに現れないだけで、気になって仕方がない。だからといって、こちらから連絡を取る勇気もなかった。

（もう、会えないのかな……）

そう思うと悲しくなってしまう。

あの夜、春人が押し倒したのがはじまりだった。あんなことをしなければ、あの夜はいつもどおりに別れていたはずだ。そして、平凡だけれど平和な日常がつづいているはずだった。

（俺のせいで……）

苦いものが胸にひろがっていく。

怜子がコンビニに来ないのは自分のせいだ。そう思うと、セックスできた喜びより、後悔の念のほうが大きくなってきた。

気づくと、仕事の手がとまっていた。商品棚の前で、カップラーメンを手にしたまま立ちつくしていた。

「香川くん、元気ないね」

ふいに声をかけられてはっとする。振り返ると、いつの間にか背後に有紗が立っていた。

有紗は先ほどまでレジに入っていたが、客足が途切れたらしい。柔らかい笑みを浮かべて、春人の顔を見つめていた。

「なにかあったの？」

「そ、そんなことないですよ」

慌てて取り繕うが、言葉につまってしまう。動揺をごまかそうとして、品出しの作業を再開した。

「そういえば、怜子さん、来てないわね」

たった今、思い出したという感じで有紗がつぶやく。そして、春人の顔をのぞきこんできた。

「そうですね」

さらりとした口調を心がける。気にする素振りを見せたら、しつこく突っこまれるに違いない。

「やけにあっさりしてるじゃない。気にならないの？」

すかさず、有紗が尋ねてくる。

しかし、思っていた反応と違っていた。からかうのではなく、どこか心配するような口調だった。

「まだ三日ですから……そろそろ来るころじゃないですか」

不安を悟られないように強がって答える。

だが、本当は不安でたまらない。怜子は二度とこのコンビニに来ないのではないか。春人を避けているなら、あり得る話だ。そうなると、電話をかけても出てくれないかもしれない。

「そうね。これまでも、三日くらい空くことはあったもの。明日くらいには来るわよね」

有紗は意外にもやさしく語りかけてくる。まるで落ちこんでいる春人を慰めるようだった。

「ところで、このあと時間ある?」

そう言われて腕時計を確認する。

もうすぐ夕方五時になるところだ。春人も有紗も、アルバイトのシフトは五時までとなっている。彼女の言う「このあと」とは、アルバイトが終わったあとのことだろうか。

「残業でもあるんですか?」

誰かが急に休むときなど、残業を頼まれることがある。有紗は主婦なので、家に帰って夕飯の支度をしなければならない。だから、そういうときは春人が引き受けるようにしていた。

「ううん、そうじゃなくて、たまには飲みに行かない?」

予想外の言葉だった。

これまで有紗と飲みに行ったことなど一度もない。アルバイトでは何度もいっしょになっているが、プライベートで会ったことはなかった。

「めずらしいですね」

とくに用事があるわけではないが、真意をはかりかねて即答を避ける。彼女の考えていることがわからない。

「駅前の居酒屋、けっこうおいしいのよ」

「でも、晩ご飯の準備はいいんですか？」

「夫は残業なの」

どうやら、食事の支度がないらしい。それでも、急に春人を飲みに誘うのは不自然な気がした。

「たまにはパーッと飲もうよ。ご馳走《ちそう》するから」

有紗は明るく言って、満面の笑みを浮かべる。

「わたしも、いろいろ話したいことがあるし」

なにか悩みでもあるのだろうか。いや、悩みごとがあったとしても、春人に相談するとは思えない。

(もしかしたら、俺を元気づけようとして……)

ふとそんな気がした。

きっと春人が落ちこんでいることに気づいたのだろう。普段はからかってばかりだが、じつは心やさしい女性だ。明るい性格なので、有紗と飲むのは楽しいに違いない。暗く沈んだ気持ちが晴れそうな気がした。

2

夕方五時半――。

アルバイトを終えると、春人は有紗に誘われるまま居酒屋にやってきた。駅前にあるチェーン店で、そこそこ繁盛しているらしい。だが、まだ時間が早いせいか、それほど混んでいなかった。

案内されたのは掘《ほ》り炬燵《ごたつ》になっている個室だ。テーブルを挟んで、有紗と向かい合わせで座っている。とりあえず、生ビールの中ジョッキと、つまみをいくつか注文した。そして今、ビールが出てきたところだ。

「では、カンパーイッ！」

有紗がビールのジョッキを手にして、ご機嫌な声で告げる。

「い、いただきます」

春人も慌ててジョッキをつかむと乾杯した。

よく冷えたビールが喉《のど》を心地よく流れていく。とくにアルバイトのあとのビールは格別だ。アパートでもたまにひとりで飲むことがある。だが、誰かといっしょのほうがおいしく感じるのはなぜだろう。

（そういえば……）

脳裏に怜子の顔が浮かんだ。

——ひとりじゃないって……やっぱり、いいわね。

確か、そんなことを言っていた。

あの大きな家にひとりで暮らしているのだ。よけいに淋しく感じるのかもしれない。夫を思い出す日もあるだろう。そんな夜は、ひとりで涙を流しているのではないか。

怜子の力になりたい。淋しいときはいっしょにいて、困っているときは手助けしたい。心の底からそう思っている。

（それなのに、俺は……）

彼女を押し倒してしまった。

あの日はどうかしていた。感情が昂り、自分をコントロールできなかった。その結果、怜子は初体験の相手をしてくれたが、心の距離はかえって開いてしまった気がする。

「急に誘ったりして、ごめんね」

有紗がぽつりとつぶやいた。先ほどとは一転して、声のトーンが低くなっている。なにやら、いつもと雰囲気が違っていた。

（なんか、ヘンだな……）

急に謝られて困惑してしまう。春人が言葉を返せずにいると、彼女は慌てて笑みを浮かべた。

「深刻な顔しないでよ。ただ、今夜は飲みたい気分だったの」

無理をして明るく振る舞っているのではないか。瞳がわずかに潤んで見えるのは気のせいだろうか。

――わたしも、いろいろ話したいことがあるし。

先ほど、有紗はそう言っていた。

なにがあったのだろうか。普段は暗い顔を見せないので気になってしまう。しかし、人生経験の浅い自分が、彼女の相談に乗れるとは思えなかった。

「俺でいいんですか？」

「香川くんじゃないとダメなの」

有紗が懇願するような瞳を向けてくる。そんな顔をされたら、春人は黙ってうなずくしかなかった。

そのとき、店員がつまみを運んできた。枝豆とホッケ、それにポテトフライと焼き鳥の盛り合わせ。テーブルの上が一気に華やかになるが、ふたりの間に流れる空気は重かった。

「ただの愚痴なんだけど――」

有紗はそう前置きしてから切り出した。

「夫がね……浮気をしてるの」

予想外の言葉だった。

まさか、それほど深刻な話だとは思いもしない。春人は独身で、これまで女性とつき合ったこともない。それなのに、夫婦の浮気の相談になど乗れるはずがなかった。

しかし、話の腰を折るのも悪い気がする。結局、彼女の話を黙って聞いているしかなかった。

「男の人ってウソが下手でしょう。なんかコソコソしてるから、悪いと思ったけどスマホを見ちゃったの。相手は会社の若いＯＬだったわ」

有紗はそこで言葉を切ると、視線をふっと落とした。

夫は部下の女性社員とメールのやり取りをしているらしい。そこに浮気の証拠が残っていたという。

「今日も残業だって言ってたけど、その女と会ってるのよ」

有紗はこみあげてくるものをこらえるように、下唇をキュッと噛んだ。

(俺は、どうすれば……)

こういうとき、どんな言葉をかければいいのだろう。

旦那《だんな》のことを怒るべきか、それとも浮気相手のOLを責めるべきか。いや、ここは有紗を慰めるのが先決ではないか。とはいっても、なにを言えばいいのかわからない。

そもそも有紗はどうするつもりなのだろうか。離婚を考えているのか、それとも夫が反省して、やり直すことを望んでいるのか。

(やっぱり、俺には……)

荷が重すぎる。結局、なにも頭に思い浮かばず、春人は顔をうつむかせた。

「また深刻な顔してる」

沈黙を破ったのは有紗だった。

重い話をした直後だが、意外にもさっぱりした顔をしている。口もとには微笑すら浮かんでいた。

「話を聞いてもらったら、なんだかすっきりしちゃった」

無理をしている様子はない。拍子抜けするほど、いつもの明るい表情に戻っていた。

「なんか、すみません……なんの役にも立てなくて」

思わずつぶやくと、彼女は楽しげに笑った。

「なに言ってるの。香川くんは、わたしの話を聞いてくれたじゃない」

「でも……」

「真剣に聞いてくれたでしょ。真剣に考えてくれたでしょ。香川くんなら、きっとそうしてくれると思ってた」

有紗がまっすぐ見つめてくる。その瞳はうっすらと涙ぐんでいた。

「誰かが共感してくれるだけで充分なの」

自分のなかに溜《た》まっていたものを吐き出したかったのかもしれない。人に話すだけで気持ちが楽になることもあるだろう。

「聞いてくれてありがとう」

「俺は、別になにも……」

「ううん、香川くんに話してよかった。なにも言わなくても、やさしさが伝わってきたから」

有紗はそう言って柔らかい笑みを浮かべた。

しかし、春人はなにもしていない。彼女を慰めることも、気の利いた言葉をかけることもできなかった。

「でも、俺なんて……」

「香川くんは今のままでいいのよ。ほら、飲んで飲んで」

勧められるままビールを飲む。すると、有紗は店員を呼んで、お代わりのビールを注文した。

すっかり機嫌が直っている。いつもの明るい笑顔を取り戻した有紗は、打って変わって楽しげだ。

(やっぱり、美人だよな……)

日頃から思っていることだが、笑っているときの有紗は魅力的だ。

見た目だけではなく、誰からも好かれる性格をしている。心やさしくて働き者で、バイト先のコンビニではムードメーカーでもある。これほどの女性と結婚しておきながら、どうして旦那は浮気をしたのか不思議でならない。

今日の有紗はノースリーブの白いシャツを着ている。剝《む》き出しの肩をセミロングの髪が撫でており、ざっくり開いた襟もとからは、細い鎖骨がチラリとのぞいていた。

（美人で、そのうえ……）

つい有紗の裸体を想像してしまう。

シャツの上からでも乳房が大きいのがわかり、腰も締まっている。かなりのプロポーションなのは間違いない。こんな女性とセックスできるというのに、なにが不満だったのだろうか。

そのとき、お代わりのビールが運ばれてきた。

「じゃあ、あらためまして、カンパーイッ」

再び有紗の音頭で乾杯する。そして、ふたりともビールをグビグビと喉に流しこんだ。

「次は香川くんの番ね」

有紗は当たり前のように言うと、なにやら視線でうながしてくる。

「はい？」

春人は思わず首をかしげた。なにを求められているのかわからず、彼女の顔を見つめ返した。

「なにかあったんでしょう?」

やさしい瞳を向けられる。

春人は平静を装っていたつもりだが、有紗に隠しごとはできない。悩みを抱えていると見抜かれていた。

とはいえ、怜子のことを話すわけにはいかない。血はつながっていないとはいえ、彼女は伯母なのだ。恋をしていることはもちろん、セックスした事実を知られるわけにはいかなかった。

「怜子さんのことじゃない?」

有紗はビールをひと口飲むと、さらりと口にした。

「この前、怜子さんの家に水を持っていったでしょう。あの翌日から、香川くん、ぼんやりしてることが多くなったのよね」

いきなり、核心を突いてくる。

いつもなら、むきになって否定しているところだ。しかし、この日の春人は肯定も否定もしなかった。

有紗が先に悩みを打ち明けてくれたからだろうか。ここで嘘《うそ》をつくのは悪い気がした。それに、今日の彼女はいつもと異なる雰囲気を纏っている。見つめてくる瞳や言葉の端々から、包みこむようなやさしさが感じられた。

「あの日、いろいろあって……」

すべてを話すわけにはいかない。言葉を濁してつぶやくと、有紗は再びビールを飲んでから見つめてきた。

「好きなのね」

その言葉が胸の奥にひろがっていく。

これまで誰にも話したことはない。自分だけの秘密だった。だが、有紗には完全に見抜かれている。今さら否定するのは不自然だ。

（でも……）

言葉にするのは勇気がいる。春人は口を開きかけてはやめることをくり返し、結局、なにも言えずにビールを飲んだ。

「告白したの？」

またしても鋭い指摘にドキリとする。

あの日の情景が脳裏に浮かぶ。食事をご馳走になったあと、春人と怜子はソファに並んで座っていた。告白するつもりだったが、それを悟った怜子に先まわりされて断られた。

「お、俺……」

情けなくて悲しくて、ふいに涙腺《るいせん》が緩みそうになる。慌てて奥歯をぐっと噛みしめてこらえた。

「香川くん……」

有紗も黙りこんでしまう。

おそらく、春人が告白をして、断られたと思ったのだろう。過程は少し違うが結果は同じだ。怜子にきっぱり言われたのは事実だった。

だが、そのあとでセックスをしていることは、鋭い有紗でも見抜けなかったようだ。春人自身、思い返すと夢だったような気がしてくる。怜子に筆おろしをしてもらったことは、自分たちだけの秘密だ。セックスしてしまった以上、以前の関係に戻るのはむずかしかった。

春人のことを憐れに思ったのだろう。有紗はそれ以上、なにも尋ねてこなかった。ただ黙ってビールを飲んでいるだけだ。そんな彼女にやさしさを感じて、春人もビールを飲みほした。

「今夜はとことん飲んじゃおう」

有紗は努めて明るく言うと、ビールのお代わりを注文する。そして、三度目の乾杯をした。

そこからは雑談になり、互いの悩みには意識して触れなかった。心に傷を負った物同士、慰め合うように飲みつづけた。飲み物はいつしかビールからハイボールになり、最後はふたりともウイスキーのロックになっていた。

「ちょっと飲みすぎちゃったかな」

有紗の顔がうっすらピンクに染まっている。

「俺も、酔っぱらいました」

春人も呂律《ろれつ》が怪しくなり、身も心もフワフワしていた。

悲しみが消えたわけではないが、アルコールで薄められている。有紗と話したことで、だいぶ気持ちが楽になっていた。

「そろそろ、お開きにしましょうか」

「そうですね」

時刻は夜十時をまわっている。これ以上はさすがに飲みすぎだ。会計をすませて店を出ると、夜風が心地よく吹いていた。

「ごちそうさまでした」

「ふふっ、たくさん飲んだね」

春人が礼を言うと、有紗は楽しげに微笑んだ。

肩を並べて歩き出す。春人はコンビニに自転車を置いてきたので、それを回収してからアパートに向かうつもりだ。有紗の家はコンビニの近くの住宅街にあると聞いている。夜も遅いので送ったほうがいいだろうか。

　そんなことを考えていると、隣を歩いている有紗が脚をもつれさせた。身体が揺れたと思ったら、春人のほうに倒れかかってくる。

「あっ……」

春人はとっさに彼女の身体を抱きとめた。

気づくと有紗の肩に手をまわして、息がかかるほど顔が近くなっている。見あげてくる彼女の瞳がしっとり潤んでいた。

「ありがとう」

そう言ったきり、有紗は離れようとしない。身体を寄せたまま、なぜかじっとしていた。

「い、いえ……」

なんとかつぶやくが、どうすればいいのかわからない。無理やり離れるのも違う気がして、身動きできなくなった。

するると、有紗の手が腰に巻きついてくる。Ｔシャツの上から触れられただけでドキリとして、胸の鼓動が一気に速くなった。ぐっと引き寄せられることで、ますます身体が密着した。

「酔っちゃった……もう歩けない」

有紗の声が妙に色っぽく聞こえる。濡れた瞳で見つめられて、春人はなにも言えなくなってしまう。

「少し休んでいかない？」

ささやくような声だった。

経験の浅い春人でも、その言葉がなにを意味しているのか想像がつく。予想外の展開で思考が停止してしまう。まさか人妻の有紗が誘ってくるとは思いもしなかった。

春人が黙りこんでいると、それを了承と取ったらしい。有紗は身体を密着させたまま歩きはじめた。

ふたりが向かっているのは、住宅街とは反対方向だ。踏切を渡ると駅の北側に出る。飲み屋が数軒あるだけの閑散とした通りだ。その先にピンクの毒々しいネオンが光っていた。

（い、いいのか……本当に……）

激しく葛藤している。

しかし、美麗な人妻に誘われて昂っているのも事実だ。結局、春人はなにも言えないまま、ネオンに向かって歩いていた。

3

ふたりはラブホテルの一室にいた。

ダブルベッドが部屋のほとんどの面積を占めており、どぎついショッキングピンクの照明が降り注いでいる。いかにも男女が交わるための場所といった感じが淫らだった。

（こ、ここが……）

春人はダブルベッドの前で立ちつくしていた。

ラブホテルに入るのは、これがはじめてだ。この雰囲気だけでも興奮して、ペニスが大きくなってしまう。すでにジーパンの前が盛りあがり、大きなテントを張っていた。

「緊張してる？」

有紗が声をかけてくる。すぐ隣に立っており、身体をぴったり寄せていた。

（年中、こんなことしてるのか？）

ふと疑問が湧きあがる。

まさか、ホテルに誘われるとは思いもしない。普段の有紗からは、まったく想像がつかなかった。

「わたしは……緊張してるよ」

意外な言葉だった。

だが、緊張していると聞いてほっとした。彼女の顔を見ると、微かに頬がこわばっている。きっと、こういうことに慣れていない。年中、男を誘っているわけではないのだろう。

（じゃあ、どうして、こんなこと……）

春人が心のなかでつぶやいた直後、有紗が服を脱ぎはじめた。

シャツのボタンを上から順にはずしていく。前がはらりと開き、ベージュのブラジャーに包まれた胸もとが露《あらわ》になった。

「今夜だけ、慰め合おうよ」

有紗が独りごとのようにささやいた。

その言葉が、心の隙間《すきま》にすっと入りこんでくる。胸に悲しみと淋しさを抱えたふたりが、はじめて気持ちを吐露してわかりあった。今夜だけなら甘えても許される気がした。

「わたしだけなんて恥ずかしい……春人くんも脱いで」

有紗が上目遣いに見つめてくる。呼び方が「香川くん」から「春人くん」に変わっていた。

もう、ここまで来たら後戻りはできない。春人もTシャツを脱ぐと、ジーパンを引きさげた。ボクサーブリーフの前が大きくふくらんでいる。水色の布地が張りつめて、我慢汁の染みがひろがっていた。

それを見た有紗が、頬をぽっと染めあげる。そして、シャツとスカートを脱いで、ブラジャーとパンティだけになった。

「夫以外に見せるの、久しぶりだから……」

有紗はしきりに照れながら、両手を背中にまわしてブラジャーのホックをはずした。

「あンっ」

小さな声とともにカップが弾《はじ》け飛び、大きな乳房がまろび出る。

双つのふくらみは張りがあり、まるで新鮮なメロンのように瑞々《みずみず》しい。白くてなめらかな肌が魅惑的な曲線を描き、その先端では淡いピンクの乳首が静かに揺れていた。

（す、すごい……）

つい怜子の乳房と比べてしまう。

ふたりとも大きいが形はまるで違っている。怜子は下膨れした釣鐘形なのに対して、有紗は前方に飛び出したお椀《わん》形だ。乳首の色は怜子が桜色で、有紗は淡いピンク。どちらも甲乙つけがたい美乳だった。

さらに有紗はパンティもおろしていく。前かがみになって左右のつま先から抜き取り、身体をゆっくり起こした。

（おおっ……）

春人は思わず腹のなかで唸った。

一年以上もいっしょに働いてきた人妻の有紗が、目の前で生まれたままの姿になっているのだ。下腹部に茂る陰毛は、小判形に整えられている。まさか有紗のこんな姿を拝める日が来るとは思いもしなかった。

白い女体をショッキングピンクの光が艶めかしく照らし出す。恥ずかしげに内腿をもじもじ擦り合わせることで、くびれた腰がくねくね揺れる。大きな乳房も柔らかく波打った。

（こ、こんなに色っぽいなんて……）

春人は思わず女体を舐めるように見まわした。

期待がふくらみ、ペニスはこれでもかと勃起する。我慢汁が次から次へと溢れ出し、ボクサーブリーフの染みが大きくなった。

「春人くん……」

有紗が歩み寄ってくる。顔は赤く染まり、瞳はねっとり潤んでいた。

「もしかして、はじめて？」

遠慮がちに尋ねてくる。

春人の緊張が伝わり、はじめてだと思ったのかもしれない。童貞は卒業しているが、すべて怜子にまかせていたので自信がなかった。

「はじめては……でも、あんまり……」

声がどんどん小さくなってしまう。

セックスの経験はたった一度しかない。だが、それを知られるのは格好悪くていやだった。

「今夜はわたしの好きにさせて」

有紗はそう言って、目の前にしゃがみこんだ。

もしかしたら、春人の経験が浅いことを悟ったのかもしれない。絨毯にひざまずき、ボクサーブリーフのウエストに指をかけてくる。じりじり引きおろすと、天を衝《つ》く勢いで屹立したペニスが剝き出しになった。

「ああっ、大きい」

有紗がつぶやき、熱い吐息が亀頭を撫でる。その刺激だけで、新たな我慢汁が尿道口から溢れ出した。

「ううっ、そ、そんなに近くから……」

春人は立ちつくしたまま動けなくなってしまう。

至近距離からペニスを見つめられて、激烈な羞恥がこみあげる。しかし、勃起は収まるどころか、ますますいきり勃ってしまう。肉胴には稲妻のような血管が浮かびあがっていた。

「はぁっ、硬い……すごく硬いわ」

太幹の根元に指を巻きつけると、有紗はうっとりして目を細める。そして、カウパー汁にまみれた亀頭に唇を寄せた。

「キスしてもいい？」

ささやいた直後、春人の返事を待たずに唇が密着する。その瞬間、電流のような快感が全身を駆けめぐった。

「くううッ」

たまらず呻き声が漏れてしまう。

人妻の柔らかい唇が亀頭に触れている。我慢汁が付着するのも気にせず、尿道口にぴったり重なっていた。

「ううっ、は、長谷川さん……」

腰を震わせながら呼びかける。すると、有紗は唇を亀頭に密着させたまま、股間から見あげてきた。

「名前で呼んで……」

小さな声で語りかけてくる。しっとり濡れた瞳には、懇願するような色が浮かんでいた。

もしかしたら、日常から離れたいのかもしれない。夫に浮気をされたという現実を忘れたいのではないか。春人もどうにもならない現実を抱えている。なんとなく、彼女の気持ちが理解できた。

「あ、有紗さん」

名前で呼ぶのは照れくさい。口にしたとたん、顔がカッと熱くなった。

有紗はうれしそうに目を細めた。そして、唇をゆっくり開き、亀頭の表面を滑らせる。我慢汁でヌルヌルする感触が心地いい。まさかと思っている間に、ペニスの先端が彼女の口内に収まった。

「ううぅッ」

凄まじい快感がひろがり、春人は慌てて奥歯をきつく噛んだ。

熱い吐息が亀頭を包み、柔らかい唇がカリ首を締めつける。我慢汁がどっと溢れて、腰に震えが走り抜けた。

（こ、これは……）

己の股間を見おろすと、信じられない光景が広がっていた。

美麗な人妻が亀頭を口に含んでいる。太幹の根元に白くて細い指を添えて、先端をぱっくり咥《くわ》えているのだ。上目遣いに見つめており、さらに顔を寄せてペニスを呑みこんでいく。

「はむっ……ンンっ」

有紗が微かな声を漏らしながら、肉棒の表面に唇を滑らせる。そして、ついに長大なペニスを根元まで呑みこんだ。

(フェ、フェラチオ……フェラチオされてるんだ)

心のなかで連呼すると、それだけで興奮が倍増した。

いつか体験してみたいと思っていたことが、いきなり現実になっている。自分のペニスが女性に咥えられているのだ。しかも、有紗が人妻だと思うと、背徳感がふくれあがり、なおさら興奮してしまう。

硬くなったペニスを蕩けそうな唇で締めつけられて、熱い口腔《こうくう》粘膜が全体に密着している。まだ咥えられただけなのに快感がひろがり、カウパー汁がとまらなくなっていた。

(す、すごい……)

肉棒はまったく見えなくなっている。根元まで呑みこまれており、陰毛が彼女の鼻先を撫でていた。

やがて唾液をたっぷり乗せた舌が、亀頭に押し当てられる。飴玉を舐めるようにやさしく転がして、張りつめた肉の表面を這いまわった。さらには、舌先で尿道口をチロチロとくすぐってくる。

「ううッ、そ、そこ、ダメです」

春人が唸ると、今度は首をゆっくり振りはじめた。

「ンっ……ンっ……」

有紗は睫毛《まつげ》をうっとり伏せている。

唇を滑らせて、肉棒を少しずつ吐き出していく。カリ首まで来ると、再び顔を寄せてペニスを根元まで咥えこむ。スローペースで首を振り、柔らかい唇で鉄のように硬い竿をしごいてくる。

「くうッ、そ、そんなにされたら……」

早くも射精欲がふくれあがり、全身の毛穴から汗がどっと噴き出した。

しゃぶられているペニスが小刻みに震えている。唇が往復するたび、我慢汁の量がどんどん増えていく。肉棒全体に唾液が塗り伸ばされて、ヌラヌラと妖《あや》しい光を放っていた。

「ちょっ……ま、待ってください」

これ以上されたら暴発してしまう。震える声で訴えるが、彼女はいっこうに首振りをやめようとしない。春人が慌てて腰を引くと、すかさず両手を尻にまわしこんで、がっしり固定された。

「あふっ……あむっ……はむンっ」

有紗は甘い声を漏らしながら、一心不乱に首を振っている。さらにはペニスを思いきり吸いあげてきた。

「おおおッ、も、もう、出ちゃいますっ」

もはや一刻の猶予もならない。つい声が大きくなってしまう。すると、有紗はさらにギヤをあげて首を振り、男根をジュルジュルとねぶりあげた。

「ううウッ、で、出るっ、ぬうううううううッ！」

春人は立ったまま、両手で有紗の後頭部を抱えこむ。全身を凍えたように震わせて、大量の白濁液を勢いよく放出した。

「あむうううッ！」

有紗の艶めかしい呻き声が響き渡る。

唇でペニスの根元を締めつけて、口内に流れこんでくるザーメンをすべて受けとめていく。牡の粘つく体液を一滴残らず嚥下《えんか》すると、ようやくペニスを吐き出した。

「ああっ……すごく濃いわ」

有紗はどこか恍惚《こうこつ》とした表情を浮かべている。指はペニスに巻きついたまま、ゆるゆるとしごいていた。

(最高だ……)

女性の口のなかで射精するのは、これがはじめての経験だ。指でしごくのとは異なる快感で、驚くほど大量に放出した。

「まだこんなに硬い……何回でもできそうね」

股間では有紗がうれしそうにささやいている。まだ休ませないとばかりに、竿をやさしく刺激していた。

4

「春人くん……来て」

有紗はベッドにあがると仰向けになった。

濡れた瞳で見つめながら、春人に語りかけてくる。ショッキングピンクの光のなかで、横たえた女体がくねっていた。

(本当に、有紗さんと……)

春人は夢でも見ているような気持ちでベッドにあがっていく。

頭の芯《しん》がジーンと痺《しび》れたようになっている。フェラチオでたっぷり射精したにもかかわらず、ペニスは硬度を保っていた。

今から有紗とセックスする。毎日のようにコンビニでアルバイトをしていた人妻と、一線を越えようとしているのだ。かつて経験したことのない興奮が湧きあがり、ペニスがビクンッと跳ねあがった。

「あ、有紗さん……」

仰向けになっている女体に覆いかぶさる。

有紗が膝を立てて、左右に開いていく。秘めたる部分が露になり、自然と視線が吸い寄せられた。女陰はサーモンピンクできれいな形を保っている。合わせ目から透明な汁が溢れて、全体がぐっしょり濡れていた。

「もう、こんなに……」

彼女も興奮しているのは間違いない。濡れそぼった女陰を前にして、春人のペニスはますます反り返った。

「あんまり見ないで……」

有紗は恥ずかしげにつぶやき、両手を伸ばしてくる。春人の腕をつかむと、急《せ》かすように引き寄せた。

　正常位の体勢だが、まだ経験がない。怜子に筆おろししてもらったときは騎乗位だった。しかも春人は横になっていただけで、すべて彼女がやってくれた。自分が主導で、上手く挿入できるか不安になってきた。

（こ、ここに挿れるんだよな……）

　勃起したペニスの先端で、女陰の合わせ目をそっとなぞってみる。愛蜜《あいみつ》が付着してヌルヌル滑るが、膣口の位置がわからない。それでも、女体は敏感に反応して、腰が右に左にくねり出した。

「はンンっ……お、お願い、早く」

　有紗がうわずった声でおねだりする。しかし、春人はなかなか挿入できず、額から汗が噴き出した。

（や、やばい……どこなんだ）

　闇雲に亀頭を押しつけるが、そんなことをしても挿入できない。困りはてていると、有紗のほっそりした指が太幹に巻きついてきた。

「うっ……」

「大丈夫よ。焦らないで」

穏やかな声で語りかけてくる。そして、ペニスの先端を自分の股間に導き、割れ目にそっと押し当てた。

「ここよ……ゆっくり……」

有紗が喘ぐようにつぶやき、うながすように見つめてくる。

亀頭の先端がわずかに沈みこんでいた。そこが膣口に違いない。春人は小さくうなずくと、恐るおそる腰を押しつけていく。

「あっ……はンンっ」

女体がピクッと反応して、有紗の唇が半開きになる。吐息とともに甘い声が溢れ出した。

(は、入った……入ったぞ)

亀頭が熱い粘膜に包まれている。ようやく、ペニスを膣に挿入することに成功した。

安堵《あんど》すると同時に欲望がムラムラとこみあげる。春人の下では、有紗が濡れた瞳で見あげていた。さらなる挿入を求めているのか、腰をもじもじとよじらせている。

「ううっ、き、気持ちいい」

まだ先端だけだが、人妻の女壺がもたらす感触は極上だ。膣襞が亀頭の表面を這いまわり、膣口がカリ首を締めつけている。さらに挿入したら、いったいどうなってしまうのだろうか。

「ね、ねえ……もっと」

有紗がかすれた声で語りかけてくる。そして、両手を春人の胸板に重ねると、指先で乳首に触れてきた。

「うっ……」

甘い刺激がひろがり、小さな声が漏れてしまう。すると、有紗は楽しげに目を細めた。

「ここも感じるのね。ふふっ、かわいい」

反応したことがうれしかったのか、乳首をやさしく転がしてくる。指先で円を描くように刺激したと思ったら、キュッと摘まんできた。

「くうっ、そ、そこは……」

しつこくいじられて、乳首が硬くなってしまう。すると、ますます感度がよくなり、ペニスの先端から我慢汁が溢れ出した。

「そ、そんなにされたら……」

「乳首がいいんでしょう?」

有紗はなおも乳首も摘まんだまま、語りかけてくる。人さし指と親指でクリクリされると、膣に埋めこんだペニスがヒクついた。

「ああンっ、なかで動いてる……これがいいのね」

「は、はい、い、いいですっ」

快楽に流されるまま答えてしまう。

乳首を愛撫《あいぶ》される刺激が、全身にひろがっている。先端だけ挿入したペニスにも伝わり、さらに我慢汁の量が増えてしまう。この状態で女壺のなかに埋めこんだら、あっという間に達してしまうのではないか。

そんな春人の心配をよそに、有紗は両手を尻たぶにまわしこんできた。

「ねえ、もっとちょうだい」

双臀《そうでん》をねちっこく撫でまわしてくる。指先でさわさわくすぐられるのがたまらない。うっとりしていると、いきなり指を尻たぶに食いこませて、ググッと引き寄せた。

「もっと奥まで……ああンっ」

「おっ……おおっ」

　ペニスが女壺に沈みこんでいく。瞬く間に根元まですべて収まり、ふたりの股間が密着する。女壺全体が意志を持った生き物のように波打ち、カリが膣壁にめりこんだ。

「くううッ」

「ああっ、お、大きい……」

　有紗が顎を跳ねあげて喘いでいる。両手の指を尻たぶに食いこませたまま、股間をしゃくりあげてきた。

「うわっ、そ、それ……ううッ」

　ペニスに無数の膣襞がからみついてくる。彼女が股間を動かすたび、思いきり絞りあげられるのがたまらない。

「き、気持ちいいっ……おおおッ」

　春人も無意識のうちに腰を動かしていた。

　はじめての正常位で腰を振る。ぎこちないピストンで、本能のままにペニスを出し入れした。亀頭を深い場所まで埋めこんでは、抜け落ちる寸前まで後退させる。快楽を求めるうちに、自然と腰の動きが速くなっていく。

「あっ……あっ……」

有紗の唇から切れぎれの喘ぎ声が溢れ出す。結合部から湿った音が響いて、ますます淫らな気分が盛りあがる。

「おおッ……おおおッ」

もはや、まともな言葉を発する余裕はない。ペニスと膣襞が擦れる感触に酔いしれて、ひたすらに腰を振りつづける。

両手で乳房を揉んでみると、頭のなかが興奮でまっ赤に染まっていく。指が沈みこんでいく感触がたまらない。まるで巨大なマシュマロを揉みまくっているようだ。先端で揺れる淡いピンクの乳首にむしゃぶりつき、舌を這わせてネロネロと転がした。

「ああッ、い、いいっ、上手よ、あああッ」

有紗の声がいっそう大きくなる。

彼女も燃えあがっているのは間違いない。両手で春人の尻たぶを抱えこんだまま、ピストンに合わせて股間をねちっこくしゃくりあげる。ふたりの動きが一致することで、さらに快感が大きくなっていく。

(ま、まだまだ……もっとだ……)

心のなかで自分に言い聞かせる。春人は奥歯を食いしばり、懸命に射精欲を抑えこんでいた。

絶頂を求めながらも、この快楽を少しでも長引かせたいと思っている。それでも、ペニスを抜き差しするたび、最後の瞬間が確実に迫ってくる。遠くに見えていた絶頂の大波が、轟音《ごうおん》を響かせながら押し寄せてきた。

「くうぅッ、す、すごいですっ」

「わ、わたしも感じちゃう、あああッ、久しぶりなの」

春人が快楽を訴えれば、有紗もたまらなそうに喘ぎはじめる。ふたりはきつく抱き合い、どちらからともなく唇を重ねていた。舌をからめて互いの口内をしゃぶりまわす。唾液を交換しては、再び舌をからめて吸い合った。

「ううううッ、も、もうダメだっ」

これ以上は耐えられない。春人は野太い声で呻き、腰の動きを加速させる。亀頭を深い場所までたたきこみ、膣道の最深部をかきまわした。

「はああッ、い、いいっ、あああッ」

有紗も甲高い喘ぎ声を響かせる。両脚を春人の腰に巻きつけて、足首をしっかりロックさせた。

「あ、有紗さんっ、も、もう出そうですっ」

「あああッ、だ、出して、いっぱい出してっ」

彼女の声が引き金になった。春人は全力でペニスを打ちこむと、女壺の最深部で欲望を爆発させた。

「おおおおッ、で、出るっ、出る出るっ、くおおおおおおおおおッ！」

女体をしっかり抱きしめて、思いきり男根を脈動させる。フェラチオでたっぷり放出したのに、またしても大量の精液が尿道を駆け抜けていく。たまらず咆哮《ほうこう》を振りまきながら、ザーメンをドクドクと噴きあげた。

「あああッ、い、いいっ、イクッ、イクうううッ！」

有紗も裸体を仰け反らせて、あられもない嬌声《きょうせい》を響かせる。膣が猛烈に締まったと思ったら、腰が感電したように激しく痙攣した。

昇りつめたのは間違いない。ふたりは息を合わせて腰を振り合い、同時に絶頂の大波に呑みこまれた。

春人は力つきて、女体に折り重なった。

呼吸が乱れて動けない。しばらく、そのままじっとしていた。

やがて、有紗がやさしく抱きしめてくれる。頭をそっと撫でられると、胸にこみあげてくるものがあった。

「うっ……」

涙が溢れそうになり、慌てて奥歯を噛みしめる。

「泣いてもいいのよ」

有紗が頬を寄せて、耳もとでささやいた。

本当は声をあげて泣きたいが、意地を張ってこらえつづける。有紗はそれ以上なにも言わず、そっと頭を撫でてくれた。

第三章　乱れる喪服

1

翌週の日曜日――。

湖畔にある怜子の自宅に僧侶《そうりょ》を招いて、伯父の三回忌法要が執り行われることになっていた。

午前十時前、春人は喪服を着て黒ネクタイを締めると、自転車で怜子の家へ向かった。

ペダルを漕ぎながら、ふと空を見あげる。灰色の雲が低く垂れこめており、今にも雨が降り出しそうだ。なんとなく気が滅入って、急にペダルが重くなったように感じた。

怜子に会うのは、筆おろしをしてもらった夜以来だ。

あの日から彼女は一度もコンビニを訪れていない。きっと、避けられているのだろう。そう思うと、春人から連絡するのは気が引けた。

しかし、今日は伯父の三回忌だ。行かないわけにはいかない。しかも、父親から電話があり、近くに住んでいるのだから早めに行って手伝いをするように言われていた。

正直、怜子に会うのが怖かった。

時間が空いたことで、罪悪感がふくらんでいる。想いを抑えきれず、怜子を押し倒してしまった。その結果、思いがけず身体を重ねた。春人がよほど憐れに見えたのだろう。怜子が情けをかけてくれたのだ。

だが、心の距離は開いてしまった。

怜子からすれば、春人は甥でしかないだろう。恋愛感情など持っているはずがない。身体の関係を持ったことを後悔しているのではないか。以前よりも遠い存在に感じられて淋しかった。

やがて森に差しかかる。ただでさえ木々の枝が日光を遮るのに、今日は曇っているため、あたりは夕方のように薄暗い。視線の先にチラリと見える湖も、いつもの輝きを失っていた。

怜子の家の前には、車が三台ほど停《と》まっている。法要は午前十一時開始だが、すでに親戚たちが集まりはじめているようだ。

春人は自転車を降りると、玄関にゆっくり歩み寄る。そして、小さく息を吐き出してから、インターホンのボタンを押した。

「はい」

スピーカーから怜子の穏やかな声が聞こえてくる。その瞬間、緊張感が一気に高まった。

「あ、あの……は、春人です」

なんとか言葉を絞り出す。すると、怜子が息を呑む気配が伝わってきた。

「今、開けるわね」

ほんの一瞬のことだが、コンマ何秒かの間があった。

彼女も緊張している。あの夜のことが心に引っかかっているのだろう。やはり意識的に春人を避けていたに違いない。それを確信したことで、なおさら気が重くなった。

しばらくして、玄関ドアが開いた。

黒紋付に身を包んだ怜子が姿を見せる。黒髪を結いあげており、白い首すじが露になっていた。

少しやつれたように感じるのは、喪服を着ているせいだろうか。未亡人であることを強く意識してしまう。それでも、美しさは翳《かげ》るどころか、ますます磨きがかかっていた。

「お忙しいところ、わざわざお越しいただき、ありがとうございます」

怜子が深々と頭をさげる。

三回忌の法要なので、丁重に挨拶しているのだろう。決して他人行事なわけではないと信じたい。だが、目が合っても、怜子はにこりともしてくれないのが気になった。

数日ぶりに会ったというのに、うれしさよりも淋しさが胸にこみあげる。覚悟していたことだが、やはり以前のような関係には戻れない。セックスをしたことで、普通の伯母と甥ではなくなってしまった。もはや、気軽に言葉を交わすことすらできなくなっていた。

(怜子さん……すみませんでした)

声に出して謝ることもできず、春人はただうつむいているだけだった。

リビングにとおされると、数人の親戚たちがいた。春人の両親はどうしても都合が悪く、後日、線香をあげに来ることになっていた。

怜子の両親はすでに他界しており、親戚とは距離を置いているらしい。年の離れた伯父との結婚を反対されたのが原因だという。伯父に連れ子がいたのも問題になったようだ。怜子には兄弟もいないため、参列したのは伯父の親戚ばかり十名ほどだった。

午前十一時、予定どおり三回忌法要がはじまった。

一階の奥に仏壇が置いてある床の間があり、祭壇が設けられていた。僧侶の読経が静かに響くと、誰もが神妙な面持ちになる。だが、そんなときでも、春人は怜子のことばかり気にしていた。

顔をそっとあげれば、正座をしている怜子の後ろ姿が見える。髪を結いあげているため、後れ毛が垂れかかる白いうなじが剝き出しになっていた。

（ああっ、怜子さん……）

こうして眺めているだけで、胸をかきむしりたくなる。

もう彼女に近づくことができないと思うと、悲しくてせつなくて、たまらない気持ちになった。

焼香を終えると会食になる。

施主の挨拶では怜子が声を震わせたが、葬儀のときほどしんみりした空気ではない。伯父の思い出話などをしながら、事前に手配してあった仕出し弁当をゆっくり食べた。

「三回忌だし、これでひと区切りだろ。怜子さんも、そろそろ自分の幸せを考えてもいいいんじゃないかね」

年配の親戚が静かに口を開く。確か祖父の兄の長男だ。伯父が生前、ずいぶんお世話になったと言っていた。

「そうだよ。もう、誰も文句を言わないよ。あんたはまだ若いんだ。再婚したほうがいいよ」

別の誰かが同意する。すると、それを聞いた親戚たちが、いっせいにうんうんとうなずいた。

怜子は困った顔をするだけで黙っている。

再婚する意志があるのか、それとも独り身を通すつもりなのか、表情からは読み取れなかった。

（再婚なんか、しないよね？）

春人はもやもやした気持ちで、親戚と怜子のやり取りを聞いていた。

これまで、怜子に男の気配を感じたことはない。しかし、本人に確認したわけではないので、本当のところはわからない。怜子ほど美麗な未亡人なら、寄ってくる男はいくらでもいるだろう。

「ところで、勇士はときどき帰ってくるのかい？」

おじさんが遠慮がちに尋ねる。

やけに気を使っているのは、勇士が夫の連れ子だからというだけではない。勇士につきまとう危険な雰囲気が、話題に出すのすら躊躇《ちゅうちょ》させていた。

「二年前、葬儀で帰ってきたのが最後です」

怜子が視線をすっとそらす。勇士のことには触れたくないのか、言いにくそうにつぶやいた。

「でも、連絡くらいはあるんだろう？」

今度は別の親戚が質問する。怜子は困ったような顔になり、首を小さく左右に振った。

勇士は莫大な遺産だけ受け取り、そのあとは一度も帰郷しないどころか、電話もかけてこないという。今日も父親の三回忌だというのに、まるで音沙汰《おとさた》がないらしい。

（やっぱり、そういうやつなんだな）

春人は腹のなかで吐き捨てた。

一周忌のときも現れなかったので、なんとなく予想はついていた。正直なところ、勇士に会いたいと思っている者はいない。誰も口にこそしないが、勇士が姿を見せなかったことでほっとしているのだ。

遺産が手に入ったので、もう故郷に用はないのだろう。ずっと前から、薄情なやつだとわかっていた。このまま縁が切れたほうが、怜子のためだと思う。春人も二度と会いたくなかった。

会食もそろそろ終わりに近づいてきた。そのとき、外で車の派手な排気音が響き渡った。窓を開け放っているため、エンジンを空吹かしする音がはっきり聞こえた。

不穏な空気が流れて、参列者たちが顔を見合わせる。全員が同じことを思ったに違いない。

（まさか……）

春人の胸にもいやな予感がひろがった。

思わず怜子の顔を見やる。瞳が不安げに揺れており、頰の筋肉が微かにこわばっていた。

（俺が、なんとかしないと……）

とっさにそう思った。

自分になにができるかはわからない。それでも、惚れた女性の力になりたいと強く思う。せめて、彼女の不安を取り除いてあげたかった。

2

春人は席をそっと立ち、床の間をあとにした。

誰が来たのかを確認するつもりだ。玄関から外に出ると、家の前に黒塗りのベンツが停まっていた。

(あの車……)

いやな予感が現実に変わっていく。

伯父の葬式の日にも見た覚えがある。おそらく、あいつの車だ。

僧侶はとっくに帰り、会食も終わろうとしている。こんな時間に現れて、いったいどういうつもりだろうか。

運転席のドアが開き、ブラックスーツに身を包んだ男が降り立った。

やはり勇士だ。一応、黒ネクタイをしているが、だらしなく緩めている。髪はポマードでオールバックに固めていた。無精髭も相変わらずで、カミソリのように鋭い目がギラリと光った。

「よう、春人」

勇士がなれなれしく声をかけてくる。

懐かしさなど微塵も湧かない。このまま会わずにすむと思っていたので、なおさらショックは大きかった。

子供のころ、会うたびにいじめられたことを思い出す。

お盆や正月など、親戚の集まりで会うのが、いやでたまらなかった。八つも年上なので、腕力で敵《かな》うはずがない。勇士は苛ついていることが多く、顔を見ると意味もなく殴られた。

いつも泣かされていた印象しかない。勇士が高校を中退して東京に行ったと聞いたときは、心の底からほっとした。

そんな勇士と再会したのは、二年前の伯父の葬儀だった。

東京でなにをやっているのかは知らないし、知りたくもない。だが、彼の雰囲気から、まともな職に就いていないことは想像がついた。とてもではないが、まじめに働いているようには見えなかった。

あれから二年が経ったが、更生した様子はない。それどころか、さらに柄が悪くなっており、まるでチンピラのようだ。

伯父もずいぶん手を焼いていたのを覚えている。

十五年前に前妻を亡くしてから、伯父は悲しみをごまかすように仕事に没頭したらしい。

——勇士に悪いことをした。

そう話しているのを聞いたことがある。

勇士はひとりで淋しい思いをしたのだろう。母親の愛情を受けられなかったのに加えて、父親への反発が根底にあるのかもしれない。同情する部分もある。しかし、だからといって、道を踏み外していいわけではなかった。

「三回忌、どうなった?」

勇士が尋ねてくる。大幅に遅刻しておきながら、本気で参列するつもりだったのだろうか。

「もう、終わったよ」

春人はさりげなく玄関の前に立った。

三回忌法要が終わったと聞いても、勇士はまるで気にしていない。ほかに目的があるのではないか。

（なんか、やばくないか……）

胸の奥がもやもやする。

家に入れたくない。とにかく、怜子に会わせたくない。なんとか阻止する方法はないだろうか。

「間に合わなかったか」

勇士は興味なさげにつぶやき、肩を揺らしながら歩いてくる。

胸板がぶ厚くて、がっしりした体格だ。春人よりもふたまわりは大きく、目の前に立たれると、見あげるような感じになる。それだけで恐ろしくなり、おどおどと視線をそらした。

「ちょ、ちょっと、遅かったね」

声が震えて小さくなる。我ながら情けないが、殴られた記憶がよみがえって畏《い》縮《しゅく》してしまう。

「なんか文句がありそうだな」

「も、文句なんてないよ」

「これでも東京から飛ばしてきたんだ。仕方ねえだろ」

勇士が眼光鋭く見おろしてくる。威圧感が強烈で、春人は顔をあげることができなくなった。

「みんな、帰ったのか？」

「お坊さんは帰ったよ」

「親戚は？」

「まだ、いるけど……もう、お開きになるところだから……」

なんとか追い返したいが、強く拒むことはできない。勇士を怒らせるのが怖かった。

「せっかくだから、挨拶しとくか」

勇士は春人を押しのけると、家のなかに入っていく。もう、とめることはできない。

（せめて、早く帰ってくれ……）

心のなかで祈りながら、ふと湖の上空に視線を向ける。

灰色だった雲は黒っぽくなっており、いつ雨が降り出してもおかしくない状態だ。悪いことが起こる前兆のようで、ますます不安になる。

湖畔に建つ家に、最低の男を迎えてしまった。

伯父が再婚を機に購入した家だ。そのとき、すでに勇士は町を離れており、東京で生活していた。怜子との交流はほとんどなく、この家に思い入れはまったくないはずだ。

父親が亡くなっても悲しんでいる様子はなく、一周忌にも帰郷しなかった。遺産さえ受け取れれば、もう用はないのだろうと思った。

（それなのに、今さら……）

どういうつもりで帰ってきたのだろうか。

今、話した感じだと、心を入れ替えたわけでもないらしい。わざわざ東京から戻ってくる理由がわからなかった。

床の間に戻ると、場の空気は凍りついていた。

仁王立ちした勇士が部屋のなかを見まわしている。親戚たちは目を合わせないようにうつむいていた。

「通夜みたいだな」

勇士は野太い声で言ってニヤリとする。

反応する者はひとりもいない。かかわりを持ちたくないのか、誰もが下を向いて黙りこんでいた。

「怜子さん、久しぶり」

勇士は怜子に歩み寄ると、目の前でどっかり胡座《あぐら》をかく。そして、すぐ近くから顔をのぞきこんだ。

「息子が帰ってきたのに、うれしそうじゃないな」

口もとに笑みを浮かべているが、目はまったく笑っていない。考えていることが、まったくわからなかった。

「お帰りなさい……」

怜子が小声でつぶやく。

気丈にも勇士の顔をまっすぐ見つめるが、帰郷を素直に歓迎しているようには見えない。義息の気持ちを測りかねているのだろう。揺れる瞳から、とまどいが感じられた。

「じゃあ、怜子さん、わたしはこれで……」

親戚のひとりが遠慮がちに言って腰を浮かせる。それをきっかけに、ほかの人たちも次々と立ちあがった。

誰ひとりとして勇士と目を合わせようとしない。挨拶もそこそこに、まるで逃げるように帰っていく。あっという間にいなくなり、残ったのは怜子と春人だけになった。

（ちょ、ちょっと……）

春人も帰りたいが、怜子をひとりにして大丈夫だろうか。なんとなく心配で立ち去れなかった。

「おまえは帰らないのか？」

勇士が振り返り、春人をにらみつける。邪魔だと言わんばかりの態度に、内心すくみあがった。

「お、俺は……か、片づけの手伝いがあるから……」

なんとか言葉を絞り出す。

突然、激昂《げっこう》することがあるので気が抜けない。一度、火がつくと、手がつけられなくなるのを知っていた。

「じゃあ、俺はテレビでも見てるかな」

勇士は意外にもあっさり引きさがる。そして、それ以上なにも言わず、床の間から出ていった。

（な、なんなんだ……）

春人は小さく息を吐き出した。

とりあえず殴られなくてよかったが、これで解決したわけではない。勇士はまだ家のなかにいるのだ。

怜子は硬い表情で正座をしている。

気丈に振る舞っているが、やはり不安なのだろう。ずっと音信不通だった勇士が、突然、連絡もせずに帰ってきたのだ。予想外のことが起きて、困惑しているのではないか。

（怜子さん……）

親戚たちが帰ってしまった今、力になれるのは自分しかいない。

勇士は夫の連れ子で、今は義理の息子だ。とはいっても、怜子といっしょに暮らしたことはない。それどころか、数えるほどしか会っていないはずだ。そんな勇士を、家族と思えるはずがなかった。

「あ、あの……大丈夫ですか？」

春人はためらいながらも声をかけた。ところが、怜子はうつむいたまま、顔をあげてくれない。

「俺にできることがあれば、なんでも言ってください」

口にしたとたん、自分の言葉が滑稽《こっけい》に思えてしまう。

彼女の力になりたい気持ちは本物だ。しかし、非力な自分にできることなどなにもない。こうしている今も、勇士に殴られるのが怖くて、逃げ出したい衝動に駆られているのだ。

「俺なんて、頼りになりませんよね」

自嘲《じちょう》ぎみにつぶやき、怜子から視線をそらした。

情けなくて彼女の顔を見ることもできない。背中を向けて、仕出し弁当の空き箱を集めていく。自分にできることは、せいぜい掃除くらいだ。床の間の片づけが終わったら、とっとと帰ったほうがいいだろう。

「ありがとう……」

一瞬、空耳かと思った。振り返ると、怜子が微笑を浮かべていた。

「でも、大丈夫よ。勇士くんは、あの人の子供だもの」

思いのほか柔らかい表情になっている。怜子が答えてくれたことが素直にうれしい。だが、今は喜んでばかりもいられない。

亡き夫の子供だと思えば、あんな男でも信用できるのだろうか。怜子は清らかで広い心の持ち主だ。その聖女のようなやさしさがあれば、獰猛《どうもう》な男すら包みこむことができるのかもしれない。

そう思う一方で不安もある。勇士の恐ろしさを知らないだけではないか。なにしろ、虫の居所が悪ければ、女性にも暴力を振るいかねない男だ。

「ずっと帰ってこなかったのに、おかしいと思いませんか。なにか目的があるんじゃないでしょうか」

あの男が改心するとは思えない。なにか企《たくら》んでいるのではないか。不安は募る一方だった。

「なにかって?」

「それは、わからないですけど……」

答えられずに口ごもる。だが、用もないのに、わざわざ東京から帰ってくるとは思えなかった。

「心配してくれてるのね」

怜子が目を細めて見つめてくる。

「勇士くんも、お父さんを亡くして淋しいんじゃないかしら。でも、ああいう性格だから、それを人に知られたくないのよ」

「そうでしょうか……」

「素直になれなくて、どうしても強がってしまうんだと思うわ。本当は三回忌にも、ちゃんと参列したかったのよ」

怜子はそう言うが、春人はうなずくことができなかった。

あの男の姿を見てから、ずっと胸がもやもやしている。悪いことが起こりそうな気がしてならない。しかし、なんの根拠もないので、これ以上、忠告することもできなかった。

3

（怜子さん、大丈夫かな……）

春人は自転車のペダルを漕ぎながら、怜子のことばかり考えていた。

湖畔の家を離れて、もうすぐ森を抜けようとしている。空がどんより曇っているため、ただでさえ暗い森のなかは夜のようだ。

怜子と勇士をふたりきりにするのは心配だった。少しでも長く残っていようとして、わざと床の間をゆっくり片づけた。その間に、勇士が帰ってくれればと思ったが、いっこうに動く気配はなかった。

さんざん粘ったが、いつまでも残っているのは不自然だ。掃除するところもなくなり、仕方なく帰路についた。

(怜子さん、困ってるんじゃないかな)

森を抜ける手前で、ブレーキをかけて自転車をとめる。

このまま帰る気にはなれない。しかし、戻るには理由が必要だ。用もないのに戻れば、勇士になにを言われるかわからない。なにより勇士の怒りを買うことを恐れていた。

(ところで、今、何時なんだ?)

時間を確認しようとしてはっとする。腕時計がなかった。

床の間の片づけをしたあと、洗面所で手を洗った。そのとき、腕時計をはずしたのだ。

(これだ……)

忘れ物を取りに戻る。これは正当な理由になるだろう。もし、勇士になにか言われたとしても問題ない。

すぐにUターンをして、来た道を戻っていく。

今ごろ怜子はなにをしているのだろうか。勇士のために夕食を作っているかもしれない。春人は手料理を何度もご馳走になっている。彼女がキッチンに立っている姿も見ているので、容易に想像できた。

自然とペダルを漕ぐ脚に力が入り、スピードがあがっていく。家の前に到着したときには、全身がじっとり汗ばんでいた。

ベンツの隣に自転車を停めると、玄関に歩み寄る。そして、インターホンのボタンを押そうとしたとき、リーンという涼やかな音が耳に届いた。

（これは……）

お鈴の音に間違いない。

床の間の祭壇で、誰かが手を合わせているのだろう。瞬時に怜子の姿が思い浮かんだ。先ほどの喪服姿も頭に残っている。祭壇の前で正座をして、静かに睫毛を伏せているのではないか。

（いや、でも……）

すぐに別の可能性が脳裏に浮かんだ。

――勇士くんも、お父さんを亡くして淋しいんじゃないかしら。

――本当は三回忌にも、ちゃんと参列したかったのよ。

確か、怜子はそう言っていた。

心から父親の死を悼んでいるのなら、勇士が仏壇に向かって手を合わせている可能性もある。

そんな一面があるのなら見てみたい。

怜子の言うとおり、勇士は強がっているだけで、深い悲しみを抱えているのだろうか。昔はさんざん殴られたが、それでも従兄弟《いとこ》だ。人間らしい姿を目にすれば、少しは見方が変わるかもしれない。

そういえば、伯父に聞いたことがある。

勇士がまだ幼かったころは、おとなしくて穏やかな性格だったという。絵を描くのが好きで、いつも家のなかで遊んでいたらしい。だが、実母が亡くなってから変わってしまったと嘆いていた。

まだ心のなかに清らかな部分が残っていたのかもしれない。だが、春人が戻ってきたとわかれば、勇士はまた悪ぶるに決まっている。

（よし……）

春人は心のなかで気合を入れた。

インターホンを鳴らすのはやめて、家の外壁に沿って移動する。外からそっとのぞくつもりだ。

リビングの窓が開け放たれて網戸になっている。光が漏れているが、レースのカーテンごしにのぞくと誰もいなかった。

リビングを素通りすると、足音を忍ばせて床の間の窓に歩み寄っていく。やはり網戸になっていて、室内は明かりが灯《とも》っていた。あたりには微かに線香の匂いが漂っている。

（誰かいるぞ……）

人の気配を感じて緊張感が高まった。

外壁に張りつき、顔を窓にじりじり近づける。そして、片目だけで室内をのぞきこんだ。

右奥にある仏壇の前に誰かが正座している。神妙な顔で手を合わせているのは勇士に間違いない。

ちょうど真横から眺める角度だ。勇士はジャケットを脱ぎ、ワイシャツに黒ネクタイという格好だ。仏壇には線香が立てられており、薄い煙がスーッと立ちのぼっていた。

勇士の少し後ろで、怜子も正座をしている。

故人を偲《しの》ぶ勇士の姿を見て安心したのか、表情は穏やかだ。背すじをすっと伸ばして、静かに手を合わせている。黒紋付で髪を結いあげた姿は、思わず息を呑むほど美しい。

（怜子さん……）

つい夢中になって見つめてしまう。

頭を垂れる姿は清楚《せいそ》だが、いったん燃えあがると乱れることを知っている。普段の淑《しと》やかさからは想像がつかないほど、淫らに腰をくねらせるのだ。その二面性も彼女の魅力のひとつだ。

それにしても、勇士の姿が意外だった。

怜子の言っていたことが正しかったらしい。強がっているだけで、彼なりに父親の死を悼んでいたのだろう。

「親父《おやじ》、喜んでくれたかな」

勇士がぽつりとつぶやいた。

足を崩して胡座をかき、体を反転させて怜子に向き直る。先ほどまでの神妙な顔ではなく、唇の端を微かに吊りあげていた。

「勇士くんが帰ってきてくれたのが、なによりの供養になるわ」

怜子が穏やかな笑みを浮かべる。勇士のまじめな一面を目にして、喜んでいるようだった。

「じゃあ、そろそろ本題に入ろうかな」

勇士が身をぐっと乗り出した。

「ものは相談なんだけど、ちょっと都合つけてくれないかな」

「都合って？」

怜子が首をかしげて聞き返す。意味がわからず、澄んだ瞳で義理の息子を見つめていた。

「いろいろあって、物入りなんだよ」

なにやら遠回しな言い方だ。勇士の目つきが変わっている。カミソリのような鋭さを取り戻していた。

「もしかして……お金？」

怜子が言いにくそうにつぶやく。口にこそ出さないが、まさかという心境が伝わってきた。

「遺産はどうしたの？」

「あの金なら、もう一銭も残ってないんだ」

一瞬、聞き間違いかと思った。

伯父は資産家だったため、かなりの額を受け取ったと聞いている。具体的な金額は知らないが、親戚たちの噂だと、怜子も勇士もそれぞれ一生働かずに暮らしていけるほど受け取ったらしい。

それほどの大金を、たった二年で使いはたしたことになる。いったい、なにに使ったというのだろうか。

（あいつ、なに考えてるんだ……）

春人は外からのぞきながら、いやな予感がこみあげるのを感じていた。

とにかく、怜子を困らせるようなことは言ってほしくない。あまりしつこいようなら、床の間に踏みこんで加勢するつもりだ。

「そういうことだから、ちょっと金を貸してくれないかな」

勇士は口もとに笑みを浮かべて話している。

まったく悪びれた様子もなく、ヘラヘラしているのが腹立たしい。少なくとも、金を借りようとしている者の態度ではなかった。

「どうして、そんなにお金を使ってしまったの？」

怜子は驚きながらも、努めて平静を保とうとしている。しかし、頬の筋肉が微かにひきつっていた。

「いろいろあるんだよ。借金があったから、それを返して、残りは生活費とビジネスだな」

「お仕事、してるのね」

「当たり前だろ」

勇士は胡座をかいたまま、じりじりと前進する。そして、膝がぶつかるほど接近した。

「どんなお仕事なの？」

怜子は身体を離そうとして、正座の姿勢であとずさりする。だが、勇士は逃がさないとばかりに前進した。膝と膝は触れ合ったままだ。さらに勇士は両手を伸ばすと、怜子の手をしっかり握った。

「まあ、投資みたいなもんだな。馬とかボートとか、そういう関係だよ」

さらりと言うが、唇の端がますます吊りあがっている。どうやっても、まじめに話しているようには見えなかった。

（まさか、ギャンブルじゃないよな？）

春人は思わず眉間《みけん》に縦皺《たてじわ》を刻みこんだ。

恐ろしい想像が脳裏に浮かんでいる。馬とは競馬、ボートとは競艇のことではないか。そもそも、この男が投資などやるはずがない。莫大な遺産をギャンブルに注《つ》ぎこみ、すべてを失ったのではないか。

確認するべく、ふたりのやり取りを注視する。勇士は前のめりになり、怜子は心持ち仰け反るような格好になっていた。

「なあ、頼むよ。倍にして返すからさ」

いかにもギャンブルにはまっている人間が言いそうな台詞《せりふ》だ。

絶対に信用ならない。今現在、金がなくて困っているのに、借りた金を倍にして返せるはずがない。よくそんなことを軽々しく言えるものだ。

(怜子さん、断ってください)

春人は胸のうちでつぶやいた。

話を聞けば聞くほど、勇士が胡散《うさん》くさく見えてくる。いったい、東京でどんな生活を送っているのだろうか。

「手を離してください……」

怜子が困惑してつぶやいた。

声こそ小さいが、瞳は厳しくなっている。勇士の顔をにらみつけて、手を振り払おうとした。

「金を貸すって言うまで、離さねえよ」

勇士もあきらめる気はないらしい。怜子の両手をしっかり握り、自分のほうにグイッと引き寄せた。

「あっ……」

怜子の唇から小さな声が漏れる。膝が崩れて横座りになり、男の胸もとに倒れこんだ。

「おっと危ないな。俺が支えておいてやるよ」

勇士はしらじらしく言うと、すかさず喪服の肩に手をまわす。そして、しっかり抱き寄せた。

（あ、あいつ……）

思わず拳《こぶし》を握りしめる。春人は窓の外から床の間を見つめながら、奥歯を強く噛みしめた。

いったい、なにを考えているのだろうか。勇士からすれば、怜子は血のつながらない母親だ。とはいえ、年は四つしか離れていない。こうして傍《はた》から見ていると、親子というより夫婦のようだ。

「は、離して……」

怜子の声が震えている。

身の危険を感じているのではないか。慌てて起きあがろうとするが、肩をしっかり抱かれて動けない。

「ちょ、ちょっと、勇士くん」

「金だよ金、金を貸してくれるなら離してやる」

口調がどんどん荒くなっている。義母に対する言葉遣いではなかった。

「い、いくら必要なの」

「そうだな。とりあえず一千万でいいや」

「そんな大金、貸せるわけないでしょ」

意外にも怜子の口調はきっぱりしている。勇士の態度を見て、怪しいと感じたに違いない。

「つれないこと言うなよ。息子がこうして頭をさげて頼んでるんだぜ」

「離して」

怜子が身をよじる。しかし、男の腕力に敵うはずもなく、どうしても逃げることができない。

「へえ、ずいぶん白いんだな」

勇士のギラつく目が、怜子の首すじに向けられる。黒髪を後頭部で結いあげているため、白い肌が露出していた。

「ちょ、ちょっと……」

怜子が困惑の表情を浮かべる。

慌てて黒紋付の衿《えり》を直すが、勇士は構うことなく無遠慮な視線を這いまわらせる。首すじだけではなく、大きく盛りあがった喪服の胸もとや腰のあたりも舐めるように見まわした。

「いい身体してるよな。男はできたのか?」

「そ、そんなはず……三回忌が終わるまでは……」

「じゃあ、もういいじゃねえか」

勇士はそう言うなり、いきなり怜子の唇を奪った。

右手で肩をしっかり抱き、左手を後頭部にまわしてキスをしている。怜子は懸命に顔をそむけようとするが、勇士は決して逃がさない。

「ウンンっ」

怜子の唇から苦しげな声が漏れる。だが、強引に舌をねじこまれて、口のなかを舐めまわされてしまう。

（な、なにやってるんだ）

春人は思わず両目を見開いた。

目の前で起きていることが信じられない。勇士が義理の母親である怜子とキスをしている。無理やり唇を奪い、舌まで挿れているのだ。

（早く助けないと……）

心のなかでつぶやくが、なぜか体が動かない。全身の筋肉が凍りついたように固まっていた。

恐怖心が体を縛りつけている。助けたい気持ちはあるのに、幼いころに殴られた記憶が邪魔をしていた。春人がひとりで踏みこんだところで、返り討ちにあうのは目に見えている。

自分などに助けられるはずがない。

腕力では完全に負けている。あの勇士に歯向かったところで、無駄に怪我《けが》をするだけだ。

（ど、どうすれば……）

焦るばかりで解決策が浮かばない。こうしている間も、怜子の唇は勇士に貪《むさぼ》られていた。

4

「や、やめて……」

怜子はようやく唇を解放されると、かすれた声でつぶやいた。

いきなり唇を奪われて、ディープキスを強要されたのだ。それでも、気丈に男の顔をにらんでいる。

「お父さんが悲しむわよ」

怜子はそう言うと、仏壇をチラリと見やった。

亡き夫の位牌《いはい》があり、線香の煙が立ちのぼっている。しかし、勇士はそんなことなどお構いなしに、喪服の上から乳房を揉みしだいた。

「あっ……な、なにするの」

怜子が慌てて男の手首をつかむ。しかし、引き剝《は》がすことができず、そのまま乳房を弄《もてあそ》ばれてしまう。

「親父はあんたのことを心配してるよ。早くいい男を見つけろってな」

「やめて、触らないで」

「金はあとで用意してもらうとして、とりあえず、この身体で楽しませてもらうとするか」

勇士の目つきがますます鋭くなっている。唇のまわりをペロリと舐める姿は野獣のようだ。

「男がいないなら、持てあましてるんじゃないのか」

「わたしたち、親子なのよ。こ、こんなこと、許されないわ」

怜子は言い放つが、声が微かに震えている。

義息の暴走に恐れをなしているのかもしれない。怯えを感じ取ったのか、勇士はますます大胆になる。乳房を揉むだけでは飽き足らず、女体を畳の上に押し倒した。

「な、なにするの？」

慌てて身をよじるが、押さえつけられて動けない。怜子の顔は恐怖に歪み、唇がわなわな震えはじめた。

「俺は、あんたのことを親だと思ったことなんてないね」

「ゆ、勇士くん……」

「もう逃げられないぞ」

　勇士は彼女の腹をまたいで馬乗りになると、喪服の衿を両手でつかんだ。そして、白い長襦袢《ながじゅばん》ごと力まかせに開いていく。細い鎖骨が露になり、白い谷間が見えてくる。

「や、やめてっ」

　怜子が悲痛な声を放った直後、ついに双つの乳房が剝き出しになった。

「ああっ」

　慌てて両手で隠そうとするが、手首をつかまれてしまう。そして、白くて大きなふくらみに義息の視線が這いまわった。

「み、見ないで……」

　怜子が身をよじると、露になった乳房がプルプル揺れる。肌が白いせいか、乳首の桜色がより鮮やかに映った。

「思ったとおりだ。いい身体してるじゃねえか」

　勇士の目がギラついている。興奮が高まってきたのか、舌なめずりをくり返し、息遣いも荒くなっていた。

（や、やめろ……やめてくれ）

　春人は心のなかで訴えるだけで、身動きできなかった。勇士に対する恐怖が全身を硬直させていた。

目の目で起きていることが信じられない。まさか、勇士が怜子を襲うとは思いもしなかった。血はつながっていないとはいえ親子だ。これから怜子がなにをされるのか、考えるだけでも恐ろしい。

「たっぷりかわいがってやる」

勇士の手が乳房に重なり、ゆったりと揉みあげる。乳首を指の間に挟みこみ、ねちっこい手つきでこねまわした。

「いや、やめて……離して」

怜子は身をよじって抵抗する。しかし、男をはねのけることなど、できるはずがない。好き放題に乳房を揉まれるしかなかった。

「肌がスベスベで、おっぱいも柔らかいな」

「さ、触らないで……」

決して泣き寝入りするつもりはないらしい。怜子は男の手首をつかみ、怒りを滲ませた瞳でにらみつけた。

「強がっても無駄だ。抵抗する女を泣かせるのが大好きなんだ」

勇士は口もとにいやらしい笑みを浮かべて乳房を揉みつづける。そして、指先で乳首を摘まむと、クニクニと転がした。

「あっ……い、いや」

「口ではいやがっても乳首は勃ってきてるぞ。本当は期待してるんだろう」

「そ、そんなことあるわけないでしょ」

怜子は即座に否定する。乳首を刺激されるたび、悔しそうに眉根を寄せて身をよじった。

「これだけの身体をしてるんだ。放っておくのは、もったいないな。俺が使ってやるよ」

勇士は好き勝手なことを言って、乳房に顔を寄せていく。そして、乳首を口に含んでしゃぶりはじめた。

「あっ、いや、ああっ」

女体がビクッと反応する。怜子は慌てて身をよじるが、がっしり押さえつけられているため動けない。まったく抵抗できないまま、双つの乳首を交互に舐められてしまう。

「どんどん硬くなってきたぞ」

「あうッ、か、噛まないで……」

怜子が顔を歪めてつぶやいた。

どうやら、乳首を前歯で噛まれているらしい。身体がビクビク震えるのは、歯を立てられているからだろう。

「噛まなければいいんだな」

「あンっ、それもダメ……はンンっ」

怜子の声が甘いものに変化する。

今度は乳首をしゃぶられているらしい。ピチャッ、クチュッという湿った音が、窓の外にいる春人の耳にも届いていた。

怜子は両手で男の肩を押している。しかし、逃れることはできず、双つの乳首を愛撫されてしまう。前歯で甘噛みされては舐めることをくり返されて、徐々に女体から力が抜けていくのがわかった。

(あ、あいつ、なんてことを……)

春人はただ見ていることしかできない。勇士に怒りが湧くと同時に、それ以上の恐怖を覚えていた。

立ち向かったところで勝てるはずがない。圧倒的な腕力の差があることを知っている。いざとなったら怜子を助けるつもりでいた。しかし、刻みこまれた敗北の記憶が、心身に強い影響を及ぼしている。戦う気力が削《そ》がれて、情けないことに両膝が小刻みに震えていた。

「も、もう……やめて」

怜子がかすれた声でつぶやく。すると、勇士がようやく愛撫を中断して、胸もとから顔をあげた。

双つの乳首は唾液が付着してヌラヌラ光っている。しかも、明らかに硬くなっており、乳輪までぷっくりとドーム状に隆起していた。

「敏感なんだな。もしかして、欲求不満なんじゃないのか？」

勇士が声をかけるが、怜子は顔をそむけるだけで反論しない。

本当に欲求不満なのだろうか。夫を亡くして二年が経っている。その間、怜子がセックスしたのは春人と一度だけだ。女盛りの身体を持てあましていたとしてもおかしくなかった。

「図星らしいな。それなら、俺がたっぷりイカせてやるよ。どうせなら、あんたも楽しんだほうがいいだろ？」

勇士は女体から降りると、添い寝の状態に移行する。そして、喪服の裾を左右に開いていく。

「ま、待って、お願い……」

怜子が弱々しい声で訴える。

執拗《しつよう》な愛撫を受けて、身体に力が入らなくなったらしい。もう押さえつけられていないのに、ぐったりしている。

「こんなこと、いけないわ」

「遠慮しなくていいよ。素直になっちまいな」

勇士はまったく聞く耳を持たない。

怜子の訴えは無視されて、喪服の裾が割られてしまう。無駄毛の処理がされた臑《すね》がのぞき、ツルリとした膝も見えてくる。白い足袋《たび》を履いた足が、裸足よりもかえって色っぽい。

やがて太腿も露になり、怜子は両手を伸ばして股間をガードする。内腿をぴったり閉じるが、勇士は強引に喪服の裾をはだけさせた。

「ああっ、いやぁっ」

手も引き剝がされて、怜子が絶望の声を漏らす。黒紋付の下にはなにも着けておらず、陰毛がそよぐ恥丘が露出した。

「へえ、和服のときはパンティを穿かないって本当なんだな」

　勇士はうれしそうに言うと、さっそく太腿に手を伸ばす。むっちりした肉づきを楽しむように撫でまわし、徐々に股間に迫っていく。

「や、やめて、触らないで……」

　怜子は抗いつづけるが、男の手が恥丘に重なってしまう。陰毛ごと撫でまわされると、腰をもじもじと左右によじらせた。

「興奮してきたんだな」

「そんなことない……」

　耳もとでささやかれて、怜子が首を左右に振りたくる。

　眉を八の字に歪めた表情が艶めかしい。瞳には怒りが滲んでいるが、なぜか抵抗が弱くなっている。恥丘を手のひらで押し揉まれて、腰を焦《じ》れたようにくねらせていた。

「腰が動いてるじゃないか。素直になれよ。男がほしいんだろう」

「ち、違う……そんなはず……」

「じゃあ、確かめてみるか」

　勇士は片脚を怜子の下肢にからませる。膝をねじこむと、ぴったり閉じていた脚を無理やり開かせていく。

「ダ、ダメ、もうやめて」

「口ではそんなこと言っても、身体は反応しているみたいだぞ」

耳たぶに舌を這わせて語りかけると、恥丘を撫でまわしていた手を股間に滑りこませる。

「ああっ」

怜子の唇から喘ぎ声が溢れ出す。敏感な部分に触れられたのだろう、股間が大きく跳ねあがった。

「やっぱりだ。オマ×コがぐっしょり濡れてるじゃないか」

股間から手を離すと、指先を怜子に見せつける。確かに人さし指と中指の先端が、透明な汁にまみれていた。

「い、いや……」

「ほら、よく見るんだ。これは、あんたが感じていた証拠だぞ。乳首を吸われて興奮したんだろ」

勇士が勝ち誇ったように告げると、怜子は悔しそうに下唇を噛みしめる。それきり、なにも言わなくなってしまった。

（れ、怜子さん……本当に感じてたんですか？）

春人は心のなかで呼びかけた。

信じたくないが、勇士の指先は確かに濡れている。とろみのある透明な液体は愛蜜だ。怜子は義理の息子に襲われて、望まない愛撫を施されている。成熟した女体は、どうしようもなく反応してしまうのだろう。

「もっと気持ちよくしてやるよ」

そう言うなり、勇士は彼女の下半身に移動する。脚の間に入りこんでうつぶせになると、股間に顔を寄せていく。

「そ、そんな――あああッ」

いっそう大きな喘ぎ声がほとばしる。

女陰を口で愛撫されているのは間違いない。女陰を舐めあげられて、膣口を吸われているのだ。

「は、離れて、ああッ、い、いやっ、いやぁっ」

悲痛な声が響き渡る。

怜子は両手で男の頭を押し返そうとするが、太腿をがっしり抱えこまれて逃げられない。女陰をしゃぶられている湿った音が聞こえて、女体に小刻みな震えが走り抜ける。

「どんどん溢れてくるぞ。よっぽど欲求不満だったんだな」

勇士がくぐもった声でつぶやき、クンニリングスを継続する。股間に顔を埋《うず》めて、執拗に舐めつづけた。

「あッ……あッ……」

こらえきれない声が漏れる。怜子は腰を右に左によじらせて、なんとか男の頭を押し返そうしていた。しかし、圧倒的に力の差があり、どうにもならない。しだいに男の暴力的な愛撫に呑みこまれていく。

「いや……いや……ああンっ」

怜子の声が艶を帯びる。

口ではいやがっているが、身体は反応しているのではないか。乱れた喪服から乳房が露出して、先端で乳首がとがり勃っている。白い内腿で男の顔を挟み、腰をしきりにくねらせていた。

(ま、まさか、感じてるのか?)

春人は床の間をのぞきながら、奥歯をギリギリと強く嚙んだ。

信じたくないが、怜子は性感を蕩かしているらしい。男の顔を押し返そうとしていた両手は、いつしか後頭部にまわされている。抱えこむような格好になっており、全身をヒクつかせているのだ。

「ああっ、も、もうダメ……」

瞳を潤ませて喘ぐ姿からは、凄絶《せいぜつ》な色香が漂っている。嫌悪の表情を浮かべているが、それでも感じているようにしか見えなかった。

「たまらないみたいだな。もっと感じていいんだぞ」

勇士がクンニリングスしながら語りかける。

女陰をしつこく舐めしゃぶり、溢れる華蜜をすすりあげては飲みくだす。やがて顔を前後に動かしはじめた。もしかしたら、舌を膣に挿入してピストンしているのではないか。

「あッ、ああッ、そ、それ、あああッ」

怜子の声が大きくなり、切羽つまってくる。湿った音が床の間に響いて、女体が弓なりに仰け反った。

「はンンっ、も、もう、それ以上は……」

「イキそうなんだな。イッてもいいぞ」

勇士のくぐもった声が、追い打ちをかける。さらに女陰をねぶりまわし、華蜜をジュルジュルと吸いあげた。

「あああッ、も、もうっ、ああッ、はあああああああッ！」

あられもない喘ぎ声が響き渡る。怜子は美貌《びぼう》を困惑に歪めながらも、両手で男の頭をしっかり抱えこみ、股間をググッと突きあげた。

女体は硬直したかと思うと、小刻みにビクビクと痙攣する。痙攣は数秒ごとに何度か起こり、その間、怜子は虚《うつ》ろな瞳を宙に向けていた。唇は半開きになったままで、か弱い喘ぎ声が漏れつづけている。

やがて、力つきたように脱力して、四肢を畳の上に投げ出した。

昇りつめたのは明らかだ。義理の息子に股間を舐めしゃぶられて、望まない絶頂に追いこまれたのだ。

（そ、そんな……）

春人は呆然《ぼうぜん》と立ちつくしていた。

たった今、自分の目で見た光景が信じられない。まるで頭をハンマーで殴られたようなショックを受けていた。悪い夢を見ているような気分だ。とても現実に起きたこととは思えなかった。

しかし、怜子のすすり泣く声が聞こえて、はっと我に返る。仰向けに横たわったまま、真珠のような涙をこぼしていた。

（現実なんだ……本当に起きたことなんだ……）

愕然《がくぜん》として膝がくずおれそうになる。

そのとき、頬にポツポツと当たるものがあった。ついに雨が降り出した。今日は朝から空模様が怪しかった。暗い空から雨粒が落ちてくる。それが、怜子の涙のような気がしてならなかった。

5

「泣いてるのか？」

勇士が股間から顔をあげて語りかける。

口のまわりが濡れ光っているのは、怜子の愛蜜に間違いない。あんなに濡らすほど、彼女は感じていたのだ。

「泣くほどよかったってわけか」

口のまわりを手の甲で拭うと、勇士は服を脱ぎはじめる。

ネクタイをほどいてワイシャツを脱げば、ぶ厚い胸板が露になった。スラックスとボクサーブリーフをおろすと、勃起したペニスが跳ねあがる。どす黒くて巨木のような剛根だ。カリが鋭く張り出しており、太幹にはミミズのような血管が浮き出ていた。

（な、なんだ、あれは……）

春人は思わず息を呑んだ。

逃げ出したい衝動に駆られるが、もはや指一本動かせない。勇士の筋肉質な体と巨大なペニスを目にして、敗北感に打ちひしがれていた。

（勝てるはずない……）

立ち向かったら、あっという間に返り討ちにされるだろう。

体格があまりにも違う。子供のときでもまったく敵わなかったのに、力の差は歴然としている。なにより、この時点で完全に気圧《けお》されているのだ。対峙《たいじ》するまでもなく、春人の負けは決定的だった。

「もっと泣かせてやるよ」

勇士が低い声でつぶやき、女体に覆いかぶさっていく。

怜子は喪服を乱した状態で仰向けになっている。大きく開いた衿もとから双つの乳房が剝き出しになっており、はだけた裾から白い下肢がのぞいていた。股間に茂る黒々とした陰毛が淫らに映った。

「ちょ、ちょっと待って……」

ぐったりしていた怜子が慌てて声をあげる。見あげる瞳には、怯えの色が滲んでいた。

「俺にまかせておけば、天国に連れていってやるよ」

勇士が口もとを歪めて、下卑た笑みを浮かべる。そして、彼女の脚の間に腰を割りこませると、剛根の切っ先を股間に押し当てた。

「ああっ、ダ、ダメっ」

「なにがダメなんだよ。入口はヌルヌルじゃねえか。ほら、擦ってやる。本当は突っこんでほしいんだろう?」

楽しげにつぶやく勇士の声が、床の間に響き渡る。

亀頭の先端で女陰を擦っているらしい。そうすることで彼女が怯えると、唇の端に笑みを浮かべるのだ。

「や、やめて、わたしたち親子なのよ」

怜子が両手を伸ばして、男の胸板を押し返す。しかし、女の腕力ではどうにもならない。

「血はつながってないんだ。気にすることねえよ」

勇士の息づきが荒くなっている。

女を嬲《なぶ》ることで興奮するのだろう。亀頭を割れ目に擦りつけながら、怜子が首を左右に振りたくる姿を見おろしている。見開いた目が血走り、何度も舌なめずりをくり返す。

「あんまり焦らすのもかわいそうだ。そろそろ、ぶちこんでやるか」

勇士が右手を股間に伸ばした。亀頭の位置を膣口に合わせたらしい。女体に緊張が走るのがわかった。

「ダ、ダメっ、絶対にダメよ」

「心配しなくても、すぐにどうでもよくなるよ……ふんんっ」

低い呻き声とともに、腰をゆっくり前進させる。とたんにクチュッという湿った音が聞こえて、女体が大きく仰け反った。

「あああッ、い、いやぁっ！」

怜子の唇から悲痛な声がほとばしる。

前戯で絶頂に導かれたうえ、ペニスをねじこまれた。夫の連れ子に犯されたのだ。絶望的な表情を浮かべるが、怜子の声には甘いものが含まれている。口では拒絶しているが、悦《よろこ》びも感じているのではないか。実際、男の胸板に押し当てられた手には、もう力が入っていなかった。

（そ、そんな……怜子さんが……）

春人はいつしか涙を流していた。

惚れた女性が目の前で犯されている。それなのに見ていることしかできないのが情けない。勇士が怖くて動けないのだ。しかも、怜子が甘い反応を示していることが、ショックに拍車をかけていた。

「まだ先っぽだけだが、俺のはでかいだろう」

勇士が自慢げに告げると、怜子は否定せずに視線をすっとそらす。

埋めこまれたペニスはよほど大きいのかもしれない。おそらく無意識だと思うが、彼女の腰はむずむずと動いていた。

「奥まで挿れてほしいんだな」

「ち、違うわ……抜いて」

怜子がつぶやいた直後、勇士がさらに腰を押し進める。またしても湿った音が聞こえて、ふたりの股間がぴったり密着した。

「はあああッ、そ、そんな……」

喪服を乱した女体がビクビク震える。

怜子の慌てぶりから、長大なペニスで貫かれたのは間違いない。肉柱を根元まで埋めこまれて、強烈な刺激に混乱しているのだ。なにかを言いかけて唇を開くが、力強いピストンがはじまってしまう。結局、唇から漏れるのは艶めかしい喘ぎ声だけだった。

「あッ……あッ……」

「いい声で泣くじゃねえか」

勇士がほくそ笑んで腰を振る。それと同時に、両手で乳房を揉みしだき、乳首を指先で摘まみあげた。

「はンンッ、や、やめて」

口では抗っても身体は反応してしまう。怜子は悔しげな表情を浮かべて、男の胸板を手のひらでたたいた。

「全然、力が入ってないぞ。本気でやめてほしいと思ってるなら、もっと抵抗してみろよ」

からかうように言うと、勇士は腰の動きを速くする。怜子の反応を楽しみながら、巨大なペニスを好き放題に出し入れした。

「ああッ、そ、そんなに深く……あああッ」

奥まで突きこまれて、怜子の白い足袋を履いた両足が宙に浮きあがる。今にも泣き出しそうな顔になり、首を左右に振りたくった。

「奥がいいんだな。オマ×コのなかがヒクヒクしてるぞ」

女体の反応に気をよくしたのか、勇士は怜子の足首をつかんで顔のほうに押しつける。その結果、彼女の尻が畳から浮きあがり、女体をふたつ折りにするような格好になった。

俗に「まんぐり返し」と呼ばれる体位だ。女性の股間が真上を向き、男は中腰の状態で体重をかけてペニスを突きこむ形になる。すると、亀頭が自然と女壺の深い場所まで到達して、より強い刺激を女性に与えるという。

（あんな格好で犯されたら……）

春人は戦慄《せんりつ》していた。

目の前で愛する人が壊されてしまうかもしれない。巨大なペニスをねじこまれて、深い場所まで貫かれているのだ。勇士がグイグイ腰を振ると、怜子は絶叫にも似たよがり声を響かせた。

「ひああッ、お、奥っ、やめてぇっ」

「おおッ、締まってきた。オマ×コ、締まってきたぞっ」

床の間に淫靡《いんび》な空気がひろがっていく。仏壇の前で犯されているのに、怜子は喘ぎ声を抑えられなくなっている。勇士は容赦なく腰を振り、まるで掘削機のように巨大なペニスを打ちこんだ。

「ああッ、ダ、ダメっ、こんなのダメっ、わたしたち親子なのよ」

怜子は自分に言い聞かせるように訴える。なんとか理性を保とうとしているのかもしれない。しかし、彼女が感じているのは明らかだ。

「親子ってことは、あんたは息子のチ×ポで感じてることになるんだぞ」

「い、いやっ、あああッ、そんなのいやぁっ」

「俺のチ×ポを締めつけてるくせに、今さらいい子ぶるんじゃねえよ」

興奮を抑えきれないのか、勇士が荒々しい口調で告げる。そして、いったんペニスを引き抜きと、女体をうつ伏せに転がした。

「な、なにをするの?」

怯える怜子の腰をつかみ、強引に持ちあげる。そして、尻を高く掲げる四つん這いの姿勢を取らせた。

「前を見てみな」

背後に陣取った勇士が告げる。

怜子が恐るおそる前方に視線を向けると、そこには仏壇があった。夫の位牌が手を伸ばせば届く位置にあるのだ。

「い、いや、こんなの——はあああッ！」

拒絶の声は途中から喘ぎ声に変わってしまう。勇士が背後からペニスを突きこみ、女壺の深い場所まで貫いた。

「ダ、ダメ、こんなの……」

「親父に教えてやれよ。息子のチ×ポを突っこまれて感じてるってよ」

「ひ、ひどい、ああああッ、こんなのあんまりよ」

「でも感じるんだろ、息子のチ×ポで感じてるんだろ」

この異常な状況に興奮したのか、勇士が腰を激しく振りはじめる。剛根をズボズボと出し入れして、いきなり本格的な抽送に突入した。

「おおおッ、気持ちいいぞっ、おおおおッ」

「ひいッ、あひいッ、ダ、ダメっ、壊れちゃうっ」

怜子が涙を流しながらヒイヒイとよがり泣く。

仏壇の前でバックから犯されているのだ。この背徳的な状況が刺激になっているのかもしれない。畳に爪《つめ》を立てて、喘ぎ声がどんどん大きくなる。喪服を纏わりつかせた背中が艶めかしく反り返った。

「そ、そんなに強く、ひあああッ」

「おらおらっ、親父と俺、どっちのチ×ポが気持ちいいんだ？」

勇士が腰を振りながら問いかける。ひねりを加えた抽送で、女壷をこれでもかとかきまわした。

「はああッ、も、もう許してっ、こ、こんなのって……あああッ」

ピストンに合わせて尻を左右にくねらせる。怜子は無意識のうちに快楽を求めて、義息のペニスを受け入れていた。

「その調子だ。もっとケツを振ってみろっ」

責めている勇士の声も昂っていく。尻たぶをわしづかみにすると、いっそう激しくペニスを出し入れした。

「ああッ、ああッ、も、もうっ」

怜子が切羽つまった声をあげて振り返る。今にも昇りつめそうになっているのは間違いない。

「仏壇を見ろ。親父の前でイカせてやるっ、俺のチ×ポでイッてみろっ」

勇士が吠《ほ》えるように命令する。

　どうやら、この男にも最後の瞬間が迫っているらしい。力強く腰を振り、女壺の深い場所までえぐっていく。ペニスが抜き差しされるたび、グチュッ、ニチュッという卑猥な音が響き渡った。

「はあぁッ、も、もうダメっ、あああぁッ、おかしくなっちゃうっ」

「いいぞ、思いきりイカせてやるっ、ぬおおおおッ」

　剛根をバックから打ちこまれて、背中が大きく反っていく。足袋を履いた両足に力が入り、全身が艶めかしく痙攣した。

「あううッ、い、いいっ、イクッ、イッちゃうっ、あぁあああああぁッ！」

　ついに怜子が昇りつめていく。大声で絶頂を告げて腰をよじり、快楽の波に呑みこまれた。

「ううウッ、俺も出すぞっ、くおおおおおおッ！」

　勇士も獣のような声で唸り、筋肉質の体を震わせる。彼女のなかに精液を注ぎこんでいるのだろう、全身が硬直して力が入った。

「ああああッ、い、いやぁっ」

　義理の息子に中出しされて、怜子が絶望の声をまき散らした。

　しかし、同時に二度目のオルガスムスが押し寄せたらしく、喪服をからみつかせた女体がガクガクと揺れる。尻たぶがキュッと締まり、膣に埋めこまれたペニスを食いしめるのがあからさまにわかった。

やがて怜子が脱力して、うつ伏せに倒れこむ。勇士はペニスを抜かずに、そのまま折り重なった。

怜子が抗議をするように振り返る。しかし、なにか言う前に、勇士がキスで唇をふさいでしまう。

「ンンっ……」

怜子がくぐもった声を漏らしたのは最初だけだ。すぐに黙りこみ、強引なディープキスに身を委《ゆだ》ねていった。

（な、なんだよ……これ……）

春人は呆然と立ちつくしていた。

すべてを見届けて、頭のなかがまっ白になっている。雨は土砂降りになり、全身ずぶ濡れだ。涙がとめどなく流れているが、ショックのあまり拭うこともできなかった。

勇士のことは最低なやつだと思っていたが、まさか義母の怜子を犯すとは思いもしなかった。

そして、怜子は抗いながらも感じていた。夫の連れ子にペニスを突きこまれて絶頂に達したのだ。そして、春人とセックスしたときより、艶めかしい声で喘いでいた。

認めたくないが、勇士とのセックスのほうが感じていたのではないか。少なくとも前戯と本番で二度は昇りつめていた。途中で何度も痙攣していたので、小さな絶頂もあったかもしれない。

（俺のときより……）

考えると、なおさら胸が苦しく締めつけられる。悪い夢なら早く覚めてくれと心のなかで願った。

しかし、床の間でうつ伏せに倒れこみ、すすり泣きを漏らしている怜子はまぎれもない現実だ。こちらに尻が向いており、割れ目から溢れる白濁液が見えている。勇士が注ぎこんだザーメンが逆流しているのだ。

その隣では、勇士が裸のまま胡座をかき、不敵な笑みを浮かべながらタバコを吸っていた。

（クソっ……）

胸のうちでどす黒い感情が渦巻いている。

勇士を許すことはできないが、刃向かうのは恐ろしい。それ以上に、なにもできなかった自分自身に失望していた。

第四章　傷を舐め合うように

1

春人は黙々と働いていた。

客足が途切れたら品出しをして、それが終わればバックヤードにストックされている商品の整理に走った。とにかく、よけいなことを考えなくてすむように動きつづけた。

「なにかあったの？」

有紗が声をかけてきたのは午後四時前だった。

シフトは昼十二時からなので、すでに四時間近く経過している。だが、昨日から感覚が麻痺《まひ》しており、まったく疲れを感じていなかった。

「なにもありませんよ」

春人は菓子パンを棚に並べながらつぶやいた。

店内に客はおらず、少し暇になっている。しかし、休む気になれない。手が空くと、どうしても昨日のことを思い出してしまう。それがいやで、なにかしら仕事を見つけては動いていた。

「品出しはわたしがやっておくから、少し休みなよ」

有紗がやさしく声をかけてくる。だが、春人は即座に首を左右に振った。

「大丈夫です」

「でも、今日はずっと休憩してないじゃない」

「疲れてませんから」

気を使ってくれているのはわかるが、今は人と話す気分ではない。メロンパンを棚に並べながら、彼女のほうを見ることなく答えた。

すると突然、有紗が両手で春人の頰を挟みこみ、顔をぐっと寄せてくる。そして、至近距離からまじまじと見つめてきた。

「ううん、すごく疲れた顔してる。目の下に隈《くま》ができてるじゃない。ちゃんと寝たの?」

真剣な目で問いかけられて、聞き流すことができなくなる。

長いつき合いなので、なにかあったと気づいているのかもしれない。適当なことは言えなかった。

「あんまり、眠れなくて……」

春人は仕事の手を休めて、ぼそぼそと答えた。

じつは、一睡もしていなかった。昨日は衝撃的な現場を目撃して、完膚なきまでに打ちのめされた。

どうやってアパートまで帰ったのか覚えていない。気づくと自宅の玄関に立ちつくしていた。とにかく、ずぶ濡れだったのでシャワーを浴びて、なにも食べずにベッドで横になった。

ところが、疲れきっていたのに、まったく眠れなかった。目を閉じると、怜子が勇士に犯されている姿がくり返し再生された。

「今日はずっと元気がないから気になっていたの。もしかして、三回忌でなにかあったんじゃない？」

有紗は頬から手を離すと、穏やかな声で語りかけてくる。

春人は困惑してうつむいた。昨日は伯父の三回忌法要があったため、アルバイトを休んだ。心配してくれているのはわかるが、昨日のことを話すわけにはいかなかった。

「怜子さんが関係してるの？」

やはり見抜かれている。春人が片想いをしていることを知っているので、隠しようがなかった。

「よかったら、相談に乗るわよ。知ってるでしょう。わたしは、いつだって春人くんの味方よ」

やさしい言葉をかけられると、涙腺が緩みそうになる。慌てて奥歯を食いしばり、こみあげてくるものをこらえた。

(すみません……いくら、有紗さんでも……)

もう目を合わせることもできない。

鼻の奥がツーンとなっている。打ち明けられないのが心苦しい。春人はうつむいたまま黙っていた。

「春人くん……」

有紗もなにかを言いかけて口を閉ざす。春人の苦しい心情を察したのか、それ以上、尋ねてこなかった。

「近いうち、また飲みに行こうか」

沈黙がつづいたあと、有紗が気を取り直したように語りかけてくる。一転して軽やかな口調になっていた。

「この間、楽しかったじゃない。また、ふたりで行こうよ」

重苦しい空気を変えようとして、意識的に明るく振る舞っているのだろう。そうやって気遣ってくれることがうれしかった。

「今夜は夫が早く帰ってくるから無理だけど、また残業とか言って遅いときがあるからさ。そのとき、派手にパーッとやろうよ」

「有紗さん……ありがとうございます」

春人は思わず涙ぐみながらつぶやいた。

彼女も夫が浮気をしていることで、深い悲しみを抱えている。それなのに、春人の心配をしてくれていた。

（やっぱり、少しくらいは……）

昨日の出来事をすべて打ち明けることはできない。しかし、なにも言わないのも違う気がする。

「じつは昨日……勇士くんも来たんです」

春人はためらいながらも切り出した。

すると、有紗の表情が引き締まる。当然の反応だ。この町に住む者なら、勇士の悪評を一度は耳にしている。喧嘩や万引きをくり返し、何度も警察の世話になっているのだ。

上京してくれてよかったと、誰もが内心思っている。そんな男が帰郷したと聞けば、緊張するに決まっていた。

「そうだったの……」

有紗が真剣な顔で小さくうなずく。

春人の元気がないのは、勇士が関係していると悟ったらしい。確かに、そのとおりだが、さすがに具体的な内容までは口にできなかった。

「事前に連絡はあったの？」

「ありませんでした。突然、帰ってきたんです」

「そう……怜子さんも驚いたでしょうね」

有紗は同情するようにつぶやいた。

数回しか会ったことのない夫の連れ子が、急に帰郷したのだ。しかも、悪い噂しか聞かない男となれば、どう接すればいいのか困るに決まっていた。

（俺が、もう少し残っていれば……）

今さらながら後悔の念がこみあげる。

昨日、怜子は困りはてていたに違いない。それなのに、勇士が恐ろしくて自分のことしか考えられなかった。

春人が臆病風《おくびょう》に吹かれて帰らなければ、あんな悲惨なことは起きなかったのではないか。勇士が気分を害したとしても居座るべきだった。そうすれば、怜子を守ることができたかもしれない。

（それなのに、俺は……）

自己嫌悪が湧きあがり、瞬く間に心を蝕《むしば》んでいく。

どうして逃げ帰ってしまったのだろうか。どうして床の間をのぞいていることしかできなかったのだろうか。もし時間を巻き戻すことができるのなら、なにもできない自分を殴りつけて、活を入れてやりたかった。

「くッ……」

無意識のうちに奥歯をギリッと嚙み、拳を強く握りしめた。

どんな顔で怜子に会えばいいのかわからない。きっと彼女は何事もなかったふりをするだろう。なにしろ、夫の連れ子に犯されたのだ。なにがあっても知られたくないに違いなかった。

「春人くん？」

有紗が驚きの声をあげる。春人は平静を装うことができないほど、感情を激しく乱していた。

「昨日、勇士くんがなにかしたのね」

こわばった顔で尋ねてくる。内容は知らなくても、勇士がかかわっていることは確信していた。

怜子が犯されたことは、口が裂けても言えない。それでも、あの男の悪行を訴えたい気持ちもある。春人が逡巡《しゅんじゅん》していると、突然、来客を告げるチャイムが鳴り響いた。

「いらっしゃいませ」

客の姿は見えないが、すかさず有紗が声をあげる。

春人も反射的に体が動いてレジに向かう。棚の間から飛び出したとき、客の姿が目に入った。

「えっ……」

思わず両目を見開いて立ちどまる。

一瞬、見間違いかと思ったが、まぎれもない現実だ。レジの前に立っているのは勇士だった。

黒のスラックスにワイシャツを着ているが、ネクタイは締めていない。ジャケットは着ておらず、襟もとがだらしなく開いていた。オールバックに固めた髪形と相まって、柄の悪さが全開だ。

「春人じゃねえか」

勇士は驚きの声をあげると、不思議そうに見つめてくる。

「なんで、おまえがいるんだよ」

「ち、近くの大学に通ってるから……」

「へえ、春人が大学生ねえ。それで、こんなしょぼい店でバイトしてるってわけか」

春人の制服を見て、小馬鹿にしたように笑う。しかし、そんなことはどうでもよかった。

「ど、どうして……」

春人は思わず眉根を寄せた。

てっきり東京に帰ったと思っていたのに、どうしてここにいるのだろうか。いやな予感がして、胸の鼓動が急激に速くなった。

「もう帰ったと思ったのか？」

勇士はこちらの気も知らず、ヘラヘラしながら歩み寄ってくる。目の前に立つと、頭ひとつ分は背が高かった。

「久しぶりにこっちに来たんだ。しばらく、ゆっくりしてもいいだろ」

見おろされるだけで強烈な威圧感だ。ワイシャツごしでも、胸板のぶ厚さがわかった。

「タバコくれ。マルボロ、ワンカートンな」

勇士はポケットから財布を取り出した。だが、まだ春人はその場から動けなかった。

有紗は菓子パンのコーナーから動いていない。春人の顔色から不穏なものを感じ取ったのだろう。品出しをしているふりをしながら、こちらの様子を注意深くうかがっていた。

「ど、どこに泊まってるの?」

恐るおそる尋ねてみる。本当は言葉を交わすのも恐ろしいが、確認せずにはいられない。

「どこって、実家に決まってるだろ」

勇士は当たり前のように答える。そして、片頬を歪めてニヤリと笑う。

「おまえ、あの女のことどう思う?」

「あ、あの女？」

まさかと思いながら聞き返す。

おそらく、怜子のことだ。無理やりセックスしたことで、自分の愛人にでもしたつもりなのではないか。

「怜子だよ」

勇士は義母のことを呼び捨てにした。

「いい女だよな」

いやな言い方だ。春人はなにも答えることができずに黙りこんだ。

確かに怜子は素敵な女性だが、勇士は内面を見ていない。セックスをした感想を述べているだけだ。その証拠に、先ほどから下卑た笑みを浮かべている。犯したときのことを思い出しているに違いなかった。

（こ、こいつ……）

苛立ちがこみあげる。だが、筋肉質な巨体を目の前にして、立ち向かう勇気は湧かなかった。

「こ、こっちには、いつまで？」

「さあな。飽きるまでかな」

勇士の言う「飽きるまで」とは、どういう意味だろうか。気になって仕方ないが、追及するのも怖かった。

「し、仕事は……大丈夫なの？」

勇士が東京でなにをしているのかは知らない。とにかく、一刻も早く帰ってほしい。ただそれだけだった。

「たまには充電してもいいと思ってな」

「会社って、そんなに休めるもんなの？」

普通は休めない気がする。少なくとも商社勤務の春人の父親は、有給休暇も自由に使えないようだった。

「会社勤めなんて、かったるいことやってられるか。俺は自分で稼いでるから関係ねえよ」

勇士は自慢げに言って鼻をフンッと鳴らした。

「いくら休んだって、電話と名簿さえあれば、いつでも再開できるんだ」

いったい、どんな仕事だろうか。

昨日、怜子に話していた内容とまったく違う。あのときは投資だと言っていたが、やはりギャンブルのことだったのではないか。

「今は警察がうろちょろしてるから、ちょっと静かにしておこうと思ってな」

「えっ、警察?・」

「ビビってんじゃねえよ。大きく稼ごうと思ったら、ギリギリのところを攻めるしかねえだろうが」

なにやら、きな臭い感じがする。きっと危ない仕事に違いない。かかわりを持たないほうがいいだろう。

「それにしても、退屈な町だと思ってたが、意外に楽しめそうだぜ」

勇士は楽しげに言うと、唇のまわりをペロリと舐めた。

その瞬間、背すじが寒くなった。昨日、怜子を嬲りものにする前にも、同じように唇を舐めていた。

「簡単にやれる女がいたんだよ。しかも、極上の女だぜ。最初はいやがるフリをしてたけど、チ×ポを突っこんだらヒイヒイよがりはじめてよ。あれは、けっこうな好きモノだな。いい暇つぶしになりそうだ」

勇士の声がどこか遠くに聞こえる。まだなにか言っているが、もう耳に入らなかった。

（こいつ……）

胸のうちに沸々とこみあげるものがある。

あらためて確認するまでもない。昨日、この目ではっきり見ている。「簡単にやれる女」というのは、怜子のことに間違いなかった。

「おい、なにボーッとしてんだ」

大声で言われて、はっと我に返る。ふと見あげると、ヘラヘラした顔がすぐそこにあった。

「タバコだよ。女と一発やったあと、一服するのが最高なんだ」

その言葉で、昨日の光景が脳裏によみがえる。

怜子をバックから犯したあと、勇士はタバコを吸っていた。怜子のすすり泣きが響くなか、不敵な笑みを浮かべて紫煙をくゆらせていたのだ。

(また……)

ふいに胸の奥が苦しくなる。まだ瘡蓋《かさぶた》にもなっていない生々しい傷が、ジュクジュクと疼き出した。

また怜子を犯すつもりだ。

そして、すべてが終わったあと、タバコをゆっくり吸うのだろう。勇士があの家に泊まっているかぎり、怜子は嬲られつづけるしかない。性欲の赴くまま、好き放題に犯されてしまうのだ。

（そんなこと……）

絶対に許せない。これ以上、怜子が穢《けが》されるのは我慢ならない。

昨日はなにもできなかったが、後悔の念に苛《さいな》まれている。悔しくて悔しくてたまらない。もう、こんな思いは二度としたくなかった。

拳を握り、勇士の顔をにらみつける。恐怖を克服できたわけではない。幼いころに殴られた記憶は、常に春人の心を縛りつけている。だが、それより怜子を守りたい気持ちが強かった。

「タバコだよ。早くしろ。女が股《また》を開いて待ってるんだ」

勇士の苛立った声が聞こえた瞬間、春人の心に火がついた。

「うおおおッ！」

唸り声とともに右の拳を突きあげる。殴り合いの喧嘩をしたことはないが、怜子を守りたい一心だった。

ペシッ――。

乾いた音が聞こえた。

拳に確かな感触が伝わり、自分が目を閉じていたことに気づいた。恐るおそる目を開くと、伸ばした右の拳が勇士の顔面を捉《とら》えていた。

「おい……」

勇士がギロリと見おろしてくる。

慌てて右手を引くと、男の鼻からまっ赤な血がツーッと垂れた。春人のパンチが鼻っ柱に命中したのだ。ところが、勇士はまったく痛がる様子もなく、胸ぐらをつかんできた。

「おまえ、なにやってんだ」

怒鳴るわけではなく、低く平坦な声がかえって恐ろしい。その直後、顔面を思いきり殴られて、凄まじい痛みに襲われた。

「ふざけやがって、おらッ、おらッ！」

そのあとは一方的だった。

怒号とともに何発も連続で殴られる。春人も両手を振りまわして反撃を試みるが、もう二度と当たらない。さらに膝蹴《ひざげ》りを腹に入れられて前かがみになる。しかし、胸ぐらをつかまれているので倒れることもできない。

「やめてぇっ」

有紗の叫び声が聞こえる。だが、勇士がやめるはずもなく、殴る蹴るの暴行が延々とつづいた。

（こ、殺される……）

本気でそう思った。

春人がボロ雑巾のようになるのは、あっという間だった。

ようやく胸ぐらから手を離されると、もはや自力で立っていることができずに倒れこんだ。全身が痛み、頭のなかがグルグルまわっている。意識が遠のき、やがて目の前がまっ暗になった。

2

「ん……」

重い瞼《まぶた》を持ちあげると、心配げにのぞきこむ有紗の顔が見えた。

「あっ、気がついた？」

「あ、有紗さん……」

小声でつぶやくだけで、顔面に痛みが走った。

全体的に腫《は》れているようだ。とくに左の瞼が熱を持っており、口のなかに鉄の味がひろがっている。舌で確認すると唇の端が切れていた。

（俺、殴られて……）

朦朧《もうろう》としていた意識がはっきりしてくる。

どうやら横になっているらしい。店内で倒れたはずだが、周囲の景色が違っている。

「ここは……」

起きあがろうとすると、有紗が肩にそっと手を添えた。

「まだ動いちゃダメよ」

やさしい声が耳に流れこんでくる。頭は混乱しているが、彼女の声を聞いたことで少し気持ちが落ち着いた。

「ここは、どこですか？」

周囲に視線をめぐらせながら、もう一度問いかける。知っている場所だが、すぐにはピンと来なかった。

「休憩室よ」

どうりで見覚えがあるはずだ。休憩室に運ばれて、並べた椅子《いす》の上に横たえられていた。

「勇士くんなら、もういないから安心して」

その言葉でほっと胸を撫でおろす。しかし、勇士はあれほど激昂していたのに、どうなったのだろうか。

「電話で店長を呼んだの。すぐに来てくれたわ」

有紗が落ち着いた声で説明してくれる。

二階の自宅で休憩していた店長が慌ててやってくるなり、警察を呼ぶぞと怒鳴りつけた。すると、勇士は意外にもあっさり引きさがったという。結局、なにも買わずに立ち去ったらしい。

「でも、怜子さんが……」

このままでは怜子が危ない。勇士が家に戻ったら、昨夜のように犯されるのは目に見えていた。

「大丈夫、店長と奥さんに行ってもらったから」

有紗が事情を話して、店長夫婦が車で湖畔の家に向かったという。

勇士が泊まっていると聞き、店長はかなり警戒していたようだ。年配の夫婦だが、なにかあればすぐに警察を呼ぶだろう。

「店長の奥さん、やさしい人だから安心よ」

確かにそのとおりだ。

奥さんが店に下りてくることはあまりないが、たまに会うといつも穏やかに話しかけてくる。ひとり暮らしをしている春人を気遣って、食事に誘ってくれることもあった。怜子も女性がいたほうが、心が安まるだろう。

(とりあえず、よかった)

安堵すると同時に、別の不安が湧きあがった。

義理の息子に襲われたことがひろまったら、怜子はどうなってしまうのだろうか。なにしろ田舎の町だ。噂はすぐに伝わるはずだ。被害者なのに冷たい目を向けられて、この町にいられなくなるかもしれない。

「よけいなことは言ってないわ。勇士くん、頭に血が昇っているから、怜子さんにも暴力を振るうかもしれません。だから、様子を見に行ってもらえますかって伝えただけよ」

有紗が穏やかな声でつけ足した。

おそらく、春人の不安を感じ取ったのだろう。すかさず教えてくれるあたりはさすがだった。

「お気遣い、ありがとうございます」

「そんなんじゃないわよ。なにも知らないから、なにも言わなかっただけ」

さばさばとした口調に救われた気分だ。

本当は春人と勇士の会話から、なにがあったのかわかったはずだ。さらに聞きたいこともあると思うが、いっさい質問してこなかった。

「顔は腫れてるけど、骨は折れてないみたいね」

「本当にありがとうございます」

春人はあらためて感謝の言葉を口にした。

有紗がいなかったら、春人はもっと大きな怪我をしていたかもしれない。店長夫婦が向かってくれたのなら、とりあえず怜子も大丈夫だろう。春人は礼を言いながら、情けない思いに駆られていた。

たった一発、パンチを当てただけで、返り討ちにあってしまった。最初から敵うはずがないとわかっていた。それなのに、どうしても我慢できずに手をあげてしまった。

「バカですよね……勝てるはずないのに」

ぽつりとつぶやき、思わず深いため息が漏れた。

「カッコよかったわよ」

意外な言葉だった。はっとして視線を向けると、有紗が柔らかい笑みを浮かべて見つめていた。

「好きな人のために立ち向かったんだもの」

やさしい言葉が胸に染み渡っていく。

心が揺さぶられて、鼻の奥がツーンとなる。危うく涙がこぼれそうになり、慌てて奥歯をぐっと噛んでこらえた。

「あんなことされたら、わたしだったら好きになっちゃうかも」

有紗がドキリとすることを口走る。

「女だったら、みんな感動するんじゃないかしら」

「でも、やられちゃったから……」

「それでも、さっきの春人くん、男らしかったよ」

まじめな瞳で語りかけてくる。だが、その直後、有紗は自分の言葉に照れたように肩をすくめて笑った。

「じゃあ、もう少し休んでから帰りましょうか」

そう言われてはっとする。

いつの間にか午後五時をすぎていた。すでに次のシフトの人たちが入っているという。

「なんか、すみません」

「気にしなくていいのよ。春人くんは悪くないんだから」

有紗はそう言うと、春人の額に手を伸ばしてくる。そのときはじめて、濡れタオルが額に乗っていたことに気がついた。

「そんなことまで……ご迷惑おかけしました」

どうやら、有紗がつきっきりで介抱していたらしい。春人は申しわけない気持ちでいっぱいになった。

「なに言ってるの。わたしと春人くんの仲じゃない。これくらい、どうってことないわよ」

有紗は軽い調子で言うと、流しに向かう。そして、タオルを水でゆすいで戻ってきた。

「ちょっと冷たいわよ」

再びタオルを額に乗せてくれる。顔が腫れて火照《ほて》っているので、冷たいタオルが心地よかった。

「気持ちいいです。ありがとうございます」

殴られた顔と蹴られた腹は痛むが、心は温かい気持ちになっていく。有紗がいてくれて本当によかった。

3

「ひとりで大丈夫ですよ」

春人はコンビニをあとにしてから、同じ言葉を三度はつぶやいた。

隣には有紗が寄りそうように歩いている。春人をアパートまで送ると言ってついてきたのだ。

「ダメよ。心配だもの」

有紗も同じ言葉をくり返す。そして、容体を確認するように顔をのぞきこんでくる。

「店長とも約束したの。わたしが責任を持ってアパートまで送りますって」

「そんな、おおげさな――」

そう言った矢先、ちょっとした段差につまずいてしまう。思わずバランスを崩すと、すかさず腰に手をまわされた。

「ほら、危ない」

有紗が支えてくれるが、実際のところ転倒するほどではない。しかし、密着されると、照れくさいが悪い気はしなかった。

春人はTシャツにジーパン、有紗は白い半袖のブラウスにフレアスカートという服装だ。身体をぴったり寄せているため、ブラウスの襟もとが自然と視界に入ってしまう。白い乳房の谷間と純白のブラジャーが見えて、胸の鼓動が速くなった。

「あ、あの……離れても大丈夫ですよ」

遠慮がちに告げるが、有紗は密着したまま離れない。手を春人の腰にしっかりまわして、歩調を合わせていた。

「また、つまずいたら危ないでしょ」

そう言われると無下にもできない。

有紗が心配する気持ちもわかる気がする。なにしろ、春人が殴る蹴るの暴行を受けて、彼女はその一部始終を目撃しているのだ。この際なので、素直にアパートまで送ってもらうことにした。

（それにしても、こんなにくっつかれると……）

どうしても意識してしまう。

一度だけだが肉体関係があるので、彼女の裸を鮮明に覚えている。つい脳裏に思い浮かべて、さらに心臓がバクバクと拍動した。

(ダ、ダメだ。絶対に……)

慌てて自分自身に言い聞かせる。

有紗は人妻だ。あれは一夜限りの関係だ。魅力的な女性だが、二度とあってはならないことだった。

やがて、アパートが見えてくる。

木造モルタル二階建て、全六戸のこぢんまりとした建物だ。間取りは六畳ワンルームで入居者は学生ばかりだが、ほとんど言葉を交わしたことはない。春人の部屋は二階のいちばん奥だ。

「ここで大丈夫です。ありがとうございました」

アパートの前で告げると、有紗は即座に首を左右に振った。

「階段を転げ落ちたら大変でしょ」

そう言って、いっしょに階段を昇りはじめる。もう、春人はなにも言わず、密着したまま歩を進めた。

階段を昇りきると、外廊下を奥まで歩いていく。もちろん、有紗はぴったり寄りそったままだ。ジーパンのポケットから鍵《かぎ》を取り出して解錠する。ドアを開けると、有紗は当然のように部屋にあがった。

玄関を入ると、すぐミニキッチンになっている。その向かいのドアはユニットバスだ。六畳の部屋の中央に卓袱台《ちゃぶだい》、窓際にはベッドがある。横向きにしたカラーボックスの上には小型のテレビが置いてあった。

狭い部屋だが、エアコンは備えつけだ。さっそくリモコンで稼働させると、冷たい風が流れ出した。

「意外にきれいにしてるのね」

有紗は感心したように言うと、春人の腰を抱いてベッドに誘導する。

「はい、横になって」

「あ、あの、もう……」

とまどってつぶやくが、有紗は人さし指を立てて唇に押し当ててきた。

「黙って言うことを聞きなさい。春人くんは怪我人なのよ」

「でも……」

殴られた顔と蹴られた腹が痛むのは確かだが、ひと晩寝れば治まるだろう。ところが、有紗は深刻な顔で見つめてきた。

「ひとりになると、いろいろ考えちゃうでしょう」

確かにそうかもしれない。ひとりになったとたん、怜子や勇士のことを悶々と考えるだろう。

「いっしょにいてあげる」

有紗はそう言って、柔らかい笑みを浮かべた。

しかし、今夜は旦那が早く帰ってくると言っていたのを覚えている。連絡を入れたほうがいいのではないか。

「旦那さんは、大丈夫ですか?」

「一度、突き放したほうがいいと思うの。これ以上、あの人に好き勝手させるつもりはないわ」

強い決意を感じさせる言い方だ。彼女の夫は浮気をしている。なにか考えがあるようだった。

「いいから、服を脱いで横になって。頭に衝撃を受けているから、念のためシャワーは我慢ね」

有紗は気を取り直したように語りかけてくる。無理に明るく振る舞っているような節があった。

「汗をかいたのに……」

「わたしが拭《ふ》いてあげるから、文句を言わないの。タオル、借りるわね」

なにやら、おかしな展開になってきた。

しかし、せっかくの厚意を断るのも悪い気がする。それに、有紗は自宅に帰りたくない理由を抱えていた。

悩んだすえ、Tシャツとジーパンを脱ぎ、グレーのボクサーブリーフ一枚になる。そして、困惑しながらベッドで仰向けになった。

しばらくすると、有紗が流しでタオルを濡らして戻ってくる。

「じゃあ、拭くわね」

ベッドの横でひざまずくと、硬く絞ったタオルを首すじに当ててきた。

冷たくて気持ちいい。殴られた影響か、全身が熱を持っている。濡れタオルの心地よさに、思わず静かに息を吐き出した。

「気持ちいい？」

有紗が穏やかな声で尋ねてくる。

なにやら淫靡な響きに感じて、ドキドキしてしまう。そんな春人の邪《よこしま》な気持ちに気づくはずもなく、有紗はやさしく体を拭いてくれる。タオルは首すじから胸板に移動した。

「うっ……」

濡れタオルが乳首をかすめて、思わず小さな声が漏れてしまう。体もビクッと小さく反応した。

「あっ、ごめんね。痛かった？」

有紗が勘違いして、さらにやさしい手つきで撫でてくる。乳首にくすぐったさをともなう快感がひろがり、またしても体がヒクついた。

「そ、そうじゃなくて……ううっ」

困惑している間も、甘い刺激を送りこまれている。

春人の顔は腫れあがり、腹には痣《あざ》ができている。それなのに、快感は確実に股間を刺激していた。疼くような痛みが残っているせいか、全身が敏感になっている。タオルが触れている乳首はすでに硬くなっていた。

（や、やばい……）

そう思ったときには、ペニスがふくらみはじめてしまう。

焦るほどに勃起は加速して、瞬く間にボクサーブリーフの前が張りつめる。布地が伸びて薄くなり、あからさまにペニスの形が浮かびあがった。

（今、見られたら……）

彼女の視界に入ったら、勃起していることが一発でバレてしまう。

どうやってごまかすか必死になって考えているうちに、濡れタオルが胸板から腹へとさがってくる。

「お腹、蹴られてたでしょう。まだ痛い？」

有紗がやさしく尋ねてくる。

少し痛みは残っているが、それよりも勃起していることのほうが問題だ。自分の股間をチラリと見れば、張りつめたボクサーブリーフの先端に黒い染みがひろがっていた。

「ちょっと、春人くん……」

ふいに有紗が怪訝《けげん》な声を漏らす。

彼女の視線は春人の股間に向いていた。春人が気にしていたので、釣られて見たらしい。ひと目で勃起に気づいたのは間違いない。

「こ、これは、その……」

焦るばかりで言葉が出なくなる。

決して卑猥なことを考えていたわけではない。釈明したいが、どう話しても言いわけにしか聞こえない気がする。ますます焦りが大きくなり、顔の筋肉がひきつってしまう。

有紗は驚いた様子で双眸を見開いている。ところが、すぐに脱力して呆《あき》れたように笑った。

「もう、どうして勃ってるのよ」

思いのほか明るい声にほっとする。有紗が冗談っぽく言ってくれたことで救われた気がした。

「すみません、つい……」

春人は冷や汗を浮かべて謝罪する。

しかし、安心するのはまだ早い。体を拭いてくれているのに、勃起したままは失礼だ。有紗が笑っているうちに、なんとか鎮めようとする。ところが、野太く成長したペニスはなかなか小さくなってくれない。それどころか、意識すればするほど、我慢汁が溢れてしまう。

（ま、まずい、このままだと……）

ボクサーブリーフの染みが、じわじわ大きくなっている。

こうなったら、有紗の気をそらすしかない。春人は焦りながらも、見切り発車で口を開いた。

「そ、そういえば――」

言葉を紡ぎつつ、次に話す内容を考える。

とっさに浮かんだのは、やはり怜子のことだ。昨日、目撃した衝撃的な光景が頭から離れない。無理やり勇士に抱かれていたのに、春人とセックスしたときより感じていた。

「やっぱり、セックスは上手いほうがいいですよね」

「え？」

腹を拭いていた有紗の手がとまる。そして、春人の顔をまじまじと見おろしてきた。

「いきなり、びっくりするじゃない」

そう言われてはっとする。そのときはじめて、自分がおかしなことを口走ったと気がついた。

「い、いや、ヘンな意味じゃなくて……そ、素朴な疑問というか……」

ごまかそうとして、しどろもどろになってしまう。昨日の出来事を話すわけにはいかず、春人はむっつり黙りこんだ。

怜子が犯されていた詳細を教えるわけにはいかないし、春人が見ていることしかできなかったのも知られたくない。すると、全身の毛穴から冷や汗がぶわっと噴き出した。

「上手いか下手かより、気持ちのほうが大切だと思うな」

有紗がまじめに答えてくれる。濡れタオルを持った右手は、腹の上に置いたままだ。

「男らしく、当たって砕けてみたら。本当に砕けちゃったら、いつでも慰めてあげる……なんてね」

そう言うと、有紗は自分の言葉に照れたように「ふふっ」と笑った。

「有紗さん……ありがとうございます」

心がほっこり温かくなっている。彼女のやさしさに触れたことで、心身に受けた傷が癒されていく気がした。

「ちょっと、汗だくじゃない」

ふいに有紗が驚きの声をあげる。

「緊張しちゃって……」

「仕方ないわね」

再びタオルが首すじに当てられた。

汗を拭いながら胸板に這いおりると、円を描くように撫でてくる。その円がだんだん小さくなり、やがて乳首を刺激してきた。

「うっ……」

たまらず小さな声が漏れてしまう。

今のはわざとに違いない。その証拠に、有紗はいたずらっぽい笑みを浮かべている。おそらく、先ほど春人が反応したのを覚えていて、同じことをくり返したのだろう。

（いや、待てよ……）

ふと別の考えが脳裏をよぎった。

以前、セックスしたとき、有紗に乳首をさんざん愛撫された。彼女はずいぶん楽しんでいたので、あのときのことを覚えているに違いない。春人の乳首が敏感なことを知っているのだ。

もしかしたら、偶然を装ってタオルで乳首に触れたのではないか。そして、困惑する春人の反応を楽しんでいたのかもしれない。

「あ、有紗さん……」

ためらいながらも声をかける。ところが、聞こえているはずなのに、彼女は気づかないふりをした。

「やっぱり、乳首が敏感なのね」

有紗はタオルを取り去り、胸板に顔を寄せてくる。そして、硬くなった乳首に唇を重ねてきた。

4

「な、なにを――ううっ」

乳首を舐められると、呻き声が漏れてしまう。

柔らかい舌が這いまわり、甘い刺激がひろがっていく。唾液をヌルヌル塗りつけては、唇でやさしく挟まれた。

「ちょ、ちょっと、有紗さん……」

「ピクピクしちゃって、気持ちいいんでしょ」

有紗が楽しげにささやきかけてくる。そして、また乳首を口に含み、チュウチュウと吸いあげていた。

「な、なにしてるんですか？」

「決まってるでしょ。春人くんの看病よ」

乳首をねちっこくしゃぶられて、次々と快感を送りこまれる。前歯で甘嚙みされると、ジーンとする痛痒《いたがゆ》い刺激がひろがった。

「ううッ、か、看病って……」

「ほら、こんなに腫れてるじゃない」

そう言うなり、手のひらをボクサーブリーフのふくらみに重ねてくる。硬く勃起したペニスを包みこまれると、それだけで腰がぶるっと震えて、新たな我慢汁が溢れ出した。

「そ、そこは……」

「すごく熱くなってるわ」

有紗はボクサーブリーフのウエスト部分に指をかけると、あっさりめくりおろしてしまう。屹立したペニスが鎌首を振って露になり、天井に向かってピーンッと伸びあがった。

「あンっ、すごい……こんなに大きくなってる」

熱い視線が剝き出しになった肉棒にからみつく。

ボクサーブリーフがつま先から抜き取られて、春人は裸になった。羞恥がこみあげるが、それ以上に期待のほうが大きくなっている。これからなにが起きるのか、考えるだけでも先走り液がとまらなくなった。

「そんなに腫れてたらつらいでしょ。わたしが治療してあげる」

有紗はベッドの横で立ちあがり、スカートをおろして足から抜き取る。さらにストッキングも脱ぐと、白くてスラリとした下肢が露出した。

ブラウスの裾がかろうじて股間を隠しており、パンティが見えそうで見えないのがもどかしい。だが、それがさらなる興奮を誘い、ペニスがピクッと小さく跳ねた。

「本当のことを言うと、春人くんが勇士くんに立ち向かうのを見て、感動したって言うか……」

有紗がブラウスのボタンを上から順にはずしていく。

前がはらりと開いて、純白のブラジャーが見えてくる。股間に張りついているパンティも純白で、人妻の女体を魅惑的に彩っていた。

「そこまで想われている怜子さんに、ちょっと嫉妬しちゃった」

有紗は肩をすくめて恥ずかしげに告げる。

そして、両手を背中にまわすと、ブラジャーのホックをはずす。とたんにカップの下から大きな乳房が現れてタプンッと揺れた。

柔らかい曲線の頂点では、淡いピンクの乳首が存在感を示している。すでに硬く屹立しており、乳輪までドーム状に盛りあがっていた。どうやら、昂っているのは彼女も同じらしい。

ブラジャーを取り去ると、パンティをじりじりおろしはじめる。小判形に整えられた陰毛がふわっと溢れて、胸の鼓動が速くなった。

「あ、有紗さん……ま、まずいですよ」

春人はかすれた声でつぶやいた。

頭の片隅には、常に怜子の姿がある。叶わない恋だとわかっているが、それでもあきらめきれなかった。

しかし、目の前の見事な女体から目を離せない。腰がしっかりくびれているため、なおさら乳房が大きく感じる。左右に張り出している双臀も気になって仕方がない。

（やっぱり、すごい……）

思わず見惚《みと》れるほどの女体だ。春人は言葉を発することもできず、人妻の裸体に視線を這いまわらせた。

「怜子さんがうらやましい」

有紗がベッドにあがってくる。そして、春人の脚の間に入りこんで正座をすると、両手でペニスを包みこんできた。

「春人くん、男らしいのね」

愛《いと》おしげに肉棒を撫であげながら、前かがみになって顔を寄せてくる。彼女の吐息が亀頭を撫でて、身震いするほどの期待がふくれあがった。

（ま、まさか、また……）

フェラチオされた記憶がよみがえる。

あの蕩けるような愉悦を味わえるのだろうか。ところが、有紗は唇を近づけるだけで、なかなか咥えてくれない。

「春人くんは目を閉じてていいから……今夜だけ、わたしの好きにさせて」

その言葉から、有紗の切実な気持ちが伝わってくる。

夫が浮気をしており、淋しい思いをしているのだろう。彼女は愛されたいと願っている。温《ぬく》もりを求めているに違いなかった。

「じっとしててね」

有紗の唇が亀頭に触れる。そして、ゆっくり開きながら表面を滑り、巨大な肉の実を口内に迎え入れた。

ペニスの先端を熱い息に包まれて、カリ首を唇で挟まれている。己の股間に視線を向ければ、有紗が亀頭を咥えたまま見つめてきた。フェラチオしている彼女と視線が重なることで、快感が二倍にも三倍にもふくれあがる。

「ンっ……ンっ……」

有紗が唇を滑らせて、肉棒をズルズルと呑みこんでいく。根元まで口内に収めると、頬を窪《くぼ》めて我慢汁を吸いあげた。

「くううッ」

吸茎される快感がひろがり、こらえきれない声が漏れてしまう。反射的に両手でシーツを強くつかみ、両脚をつま先までピーンッとつっぱらせた。

「き、気持ちいいっ……ううッ」

呻きながら訴えると、有紗は首をゆったり振りはじめる。

すりこぎのように硬い肉棒を、溶けそうなほど柔らかい唇でしごかれて、瞬く間に快感がふくれあがった。

「あふっ……はむっ……あふンっ」

有紗の鼻から漏れる声も色っぽい。唾液と我慢汁がまざって潤滑油になっている。ヌルヌルと滑るたび、射精欲の波が押し寄せた。

「そ、それ以上は……うむむッ」

人生二度目のフェラチオで、早くも追いこまれてしまう。無意識のうちに股間を突きあげた瞬間、勇士に膝蹴りをされた腹に痛みが走った。

「痛っ……」

思わず顔をしかめて唸ると、有紗がペニスを吐き出した。

身体を起こして、心配そうに見つめてくる。

「大丈夫？」

「え、ええ……つい力が入っちゃって……」

右手で腹を擦ってみせる。軽く触れるだけなら問題ないので、春人が力を入れなければ大丈夫だ。

有紗は小さくうなずくと、春人の股間に視線を向ける。

アクシデントで中断したが、ペニスはまだ屹立したままだ。まったく萎えることなく、隆々とそそり勃っている。唾液と我慢汁を全体に浴びて、ヌラヌラと妖しげな光を放っていた。

「ねえ、春人くん……」

有紗が遠慮がちに声をかけてくる。

どうやら、中断したことで我に返ったらしい。春人が怜子に片想いしているのを知っているので、躊躇しているのだろう。

「俺も……最後までしたいです」

春人は小声でつぶやいた。

常に怜子のことを想っているが、フェラチオされて途中で投げ出されるのはつらすぎる。もう射精したくてたまらなかった。

「わたしも……」

有紗も夫のことで悲しみを抱えている。一時でも忘れたいと思っているに違いなかった。

「でも、俺は動けないから……」

春人が語りかけると、彼女は小さくうなずいた。

「これで最後にするから……ごめんね」

有紗が春人の股間をまたいでくる。

両足の裏をシーツにつけた騎乗位の体勢だ。膝を立ててしゃがみこむ格好なので、春人にかかる体重は最小限ですむ。できるだけ負担をかけないようにという気遣いだろう。

有紗は右手でペニスをつかむと、先端を自分の股間に導いた。

亀頭が女陰に触れてヌルリと滑る。割れ目にそってゆっくり動かすと、やがて膣口にはまるのがわかった。

「あンっ……いくね」

小さく喘いで、有紗が腰をじわじわと下降させる。亀頭が二枚の陰唇を巻きこみながら、女壺のなかに沈んでいく。

「ううッ、す、すごい」

「ああンっ、やっぱり大きい」

有紗が顎を跳ねあげて、甘い声を振りまいた。

それでも腰の動きをとめることはない。さらに下降させて、ついには野太くそそり勃つ肉柱を根元まで呑みこんだ。

「あああっ、奥まで届いてる」

右手を臍の下あたりに当てると、有紗がせつなげな瞳で見おろしてきた。

ペニスの先端がそこまで到達しているのかもしれない。まだ挿入しただけなのに。女壺がウネウネと蠢いている。膣口は猛烈に収縮して、肉棒のつけ根を締めあげていた。

「ううッ、あ、有紗さん……」

思わず力むと、またしても腹に痛みが走る。慌てて力を抜くが、とたんに快感の波が押し寄せてしまう。

「こ、こんなの、気持ちよすぎて……」

挿入しただけだが、すぐに達してしまいそうだ。情けない顔で見あげると、有紗はやさしげな瞳で見おろしてきた。

「いいのよ。好きなときに出しちゃっていいから」

微笑を浮かべてささやいてくる。

そんな彼女の気遣いがうれしくて、春人のペニスはますます硬くなり、膣内でピクッと跳ねあがった。

「はああンっ、素敵よ」

有紗が喘ぎまじりにつぶやいた。

両膝を大きく開いてしゃがんでいる。自分の膝に手をついた中腰の状態だ。苦しい体勢だが、興奮のほうが勝っているらしい。スクワットをするように、腰を上下に振りはじめた。

「あっ……あっ……」

有紗の半開きになった唇から、切れぎれの声が溢れ出す。

双つの乳房がユサユサと揺れている。白くて大きな柔肉が波打つ光景は、男の欲望をどこまでも煽り立てる。股間に視線を向ければ、屹立したペニスが女壺に出入りする様がまる見えだ。

しかも、腰を振っているのは極上の人妻だ。見た目はもちろん、心まで美しい女性だ。これほどの女性とセックスする機会はそうそうない。女壺はトロトロになっており、ペニスをやさしく包みこんでいる。

（す、すごい……すごいぞ）

春人は思わず腹のなかで唸った。

これほど淫らな情景はほかにない。ただ仰向けになっているだけで、この世のものとは思えない快楽が、次から次へと押し寄せてくる。体に力を入れると痛むので、ふくれあがる射精欲を抑えられない。

「き、気持ちいい……うううッ、気持ちいいですっ」

たまらず快楽を訴える。すると、有紗はうれしそうに目を細めた。

「わたしも……ああっ、すごくいいわ」

腰の動きが徐々に速くなる。ペニスが出入りするたび、ピチャッ、クチュッという蜜音が響き渡った。

「ああっ、わたし、すごくいやらしいことしてる……ああンっ」

有紗が瞳を潤ませながらつぶやいた。

夫以外の男にまたがり、結合部分をさらしながら腰を振っている。そんな自分の行為に興奮しているのかもしれない。愛蜜の量がどっと増えて、まるでお漏らしをしたように股間はグッショリ濡れていた。

「くううッ、お、俺、もうダメですっ」

反射的に奥歯を食いしばると、殴られた顔面に痛みが走る。慌てて力を抜けば、快感が大きくなった。

濡れた膣襞が肉竿にからみついている。四方八方から揉みくちゃにされて、しかもヌプヌプと膣に出し入れされているのだ。もう一刻の猶予もないほど高まっていた。

「おおおッ、い、いいっ、気持ちいいっ」

「ああッ、ああッ、わ、わたしも、あああッ」

有紗の喘ぎ声も大きくなる。卑猥な格好で腰を振り、自ら亀頭を膣の奥まで呑みこんでいく。感じる場所にゴリゴリ擦りつけることで、彼女も絶頂寸前まで舞いあがった。

「大きいから、すごく感じちゃう……はあぁッ」

腰の動きが加速する。目の前で大きな乳房が揺れるのも、牡の欲望を視覚から刺激した。

「も、もうっ、くううッ、もう出ちゃいますっ」

できるだけ長持ちさせたいが、これ以上は我慢できない。どこにも力を入れることができないので、射精欲を抑えこめない。次々と快楽を送りこまれて、ついには思いきり欲望を噴きあげた。

「おおおおッ、出る出るっ、ぬおおおおおおおおおおッ！」

雄叫《おたけ》びをあげながら、膣のなかでペニスを脈動させる。大量のザーメンが尿道を駆け抜けて、先端から勢いよく噴き出した。

「はあああッ、い、いいっ、わたしも、イクッ、イクうううッ！」

有紗もよがり泣きを振りまいて昇りつめていく。ペニスを深く呑みこみ、下腹部を艶めかしく波打たせる。

膣が猛烈に締まり、太幹が奥へ奥へと引きこまれていく。それにともない精液が吸い出されるような感覚に襲われる。ザーメンの流れが加速して、尿道の内側に甘い刺激が走り抜けた。

脳髄を焼きつくすような快感の波が、何度も何度も連続で押し寄せる。射精がとまらなくなり、ついには意識が遠のいていった。


「……くん」

どこかで声が聞こえた気がした。

「春人くん……」

誰かが名前を呼んでいる。有紗の声だ。そう気づいたとたん、はっと我に返った。

「あっ、すみません……ボーッとしてました」

あまりの快楽になかば気を失っていた。

まさか一日に二度も意識が遠のくとは思いもしない。まだ頭の芯がジーンと痺れている。一度目は暴力を受けての失神だったが、二度目は快楽に溺《おぼ》れて桃源郷に行っていた。

「ふふっ……そんなによかったの？」

有紗はいつの間にか服を着ており、濡れタオルで春人の体を拭いている。まるで何事もなかったような顔をしていた。

しかし、よく見ると頬が桜色に染まっており、瞳もねっとり潤んでいる。艶めいた表情に絶頂の余韻が漂っていた。

「春人くんなら大丈夫、なんでもできるわ」

有紗はやさしく体を拭きながら語りかけてくる。

「だって、あの勇士くんに殴りかかったのよ。あんなことができるなら、怖いものなんてなにもないでしょ」

そう言われると、そんな気がしてくるから不思議だった。

思えば、いつも有紗に助けられてきた。落ちこんでいるときは、元気づけてくれる。悩んでいれば、さりげなく背中を押してくれた。そんな彼女の思いやりに、今さらながら気がついた。

「有紗さん……ありがとうございます」

「あらたまって、どうしたの。恥ずかしいからやめてよ」

有紗の顔がまっ赤になっている。春人も急に恥ずかしくなり、顔が火照るのを感じた。

「そうそう、言うの忘れてたけど――」

よほど照れくさかったのか、有紗が急に話題を変える。

「春人くん、明日はアルバイト、お休みだからね」

「えっ、どうしてですか?」

「怪我をしてるんだもの。仕方ないでしょ。店長もゆっくり休みなさいって言ってたわよ」

そう言うと、有紗は濡れタオルで腫れあがった瞼を冷やしてくれる。

確かにこの顔でレジに立つことはできない。春人が元気でも、客に不快な思いをさせてしまうだろう。

「でも、そのまま辞めたりしないでよ」

有紗がぽつりとつけ足した。再び頬が赤く染まっている。そして、恥ずかしげに視線をそらした。

「店長が困ると思うし……わたしも、春人くんがいないとつまらないから……」

「有紗さん……」

胸が熱くなり、思わず言葉を失った。

身体を重ねたことで、春人のなかにも特別な感情が芽生えている。恋愛感情とは異なる、友情にも似た絆《きずな》だった。

「わたし、春人くんのこと応援してるから」

「俺も有紗さんのこと応援してます」

すかさず答えると、有紗の頬はますます赤くなった。

第五章　湖を望みながら

1

翌日、春人は自室のベッドで目を覚ました。

枕《まくら》もとに置いてあったスマホで時間を確認すると、すでに昼の十二時をまわっている。

自覚している以上に怪我のダメージがあったらしい。そのうえセックスをした疲労もあったのだろう。一度も目が覚めないまま眠りつづけて、気づくとこんな時間になっていた。

(有紗さんは……さすがにいないか)

部屋のなかに有紗の姿は見当たらない。おそらく、春人が寝てから帰ったのだろう。

結局、有紗は夫に連絡を入れなかった。帰宅が遅くなったが、大丈夫だったのだろうか。自分が浮気をしているからといって、妻に寛容だとは思えない。逆に口うるさいのではないか。きっと家に帰ってから揉めたに違いない。しかし、有紗はなにか考えがあるようだった。

自分の顔にそっと触れてみる。

まだ瞼が腫れぼったいが、もう熱は持っていなかった。痛みもだいぶ引いており、押さなければまったく問題ない。膝でさんざん蹴られた腹も、強く圧迫しなければ大丈夫だ。

腫れさえ治まれば、すぐにでもアルバイトに復帰できるだろう。思いのほか怪我が軽くてほっとする。だが、その一方で、勇士に対する恐怖は倍増していた。

先に手を出したのは春人だ。やり返されたのは仕方ないと思っている。とはいえ、あそこまで徹底的にやる必要があっただろうか。気を失うまで、殴る蹴るの暴行を受けつづけた。

あの場に有紗がいなかったら、どうなっていたかわからない。少なくとも、さらに深刻な怪我を負っていただろう。生前、伯父が手を焼いていたのもよくわかる。まさに野獣のような男だった。

（あんなやつに、怜子さんは……）

窓からのぞき見た光景が脳裏によみがえる。

床の間で怜子が犯されていた。仏壇の前で喪服を乱して、夫の連れ子に貫かれていたのだ。

怜子が感じていたであろう屈辱を想像すると、春人の胸は苦しく締めつけられる。望まない絶頂に追いあげられるのは、つらくて悲しくて、悔しかったに違いない。

（それに比べたら、殴られるのなんて……）

顔面が腫れるくらい、かすり傷のようなものだ。

体の怪我は時間が経てば治るが、心の傷を癒すのは容易ではない。怜子は一生消えないかもしれない傷を、心の深い場所に負ってしまったのだ。

（そういえば……）

怜子はどうしているのだろうか。

昨夜は店長夫婦が彼女の家に行っている。勇士も下手なことはできなかったはずだ。

（いや、待てよ……）

急に不安がこみあげる。

あの男なら、老夫婦にも平気で暴力を振るうのではないか。怒りに火がついた勇士は、ブレーキの壊れたダンプカーだ。相手が誰だとしても、躊躇するとは思えなかった。

春人は体を起こすと、洗いざらしのTシャツとジーパンに着替えて部屋を飛び出した。

自転車にまたがり、立ち漕ぎで湖畔の家を目指す。午後の日差しを受けて、瞬く間に汗が噴き出した。

もし怜子が犯されていたら、今度は助けることができるだろうか。

また固まって動けなくなるのではないか。自分に自信が持てず、胸の奥に不安がひろがっていく。それでも、勇士から怜子を守りたくて、必死にペダルを漕ぎつづけた。

森を進むと、やがて前方にキラキラ光る湖が見えてくる。湖畔に建つ家も視界に入るが、不安がどんどんふくらんでいた。

(帰ったのか?)

家の前に自転車を停めると、周囲に視線をめぐらせる。店長夫婦の車も、勇士のベンツも見当たらなかった。

しかし、安心はできない。勇士はしばらくこっちにいると言っていた。どんな仕事をしているのか知らないが、会社勤めではないようだ。怜子のことを気に入っていたようなので、そう簡単に帰るとも思えない。

春人は自転車を降りると、玄関に歩み寄った。

とにかく、怜子の無事を確認したい。彼女は在宅しているのだろうか。緊張しながら、インターホンのボタンをそっと押した。

「はい……」

一拍置いて、スピーカーから怜子の声が聞こえた。

他人行儀な感じがするのは気のせいだろうか。先日、セックスをしてから、まともに言葉を交わしていない。甥と一線を越えてしまったことを、後悔しているのかもしれなかった。

突き放されているようで悲しくなるが、今はそんなことを気にしている場合ではない。怜子の安全を確保するのが先決だ。

「俺です。春人です。お話があるんです」

インターホンに向かって呼びかける。怜子の顔を見たい。そして直接、言葉を交わしたかった。

「……わかったわ」

しばらく沈黙がつづいたが、春人の情熱が伝わったらしい。怜子は押しきられるようにつぶやいた。

やがて玄関ドアが開き、うつむき加減の怜子が姿を見せた。

黒髪をアップにまとめて、黒いレースのワンピースに身を包んでいる。長袖に白い肌がうっすら透けており、スカートの丈も長かった。裾からのぞく脚は、黒いストッキングに覆われていた。

未亡人の怜子が着ていると、まるで喪服のようだ。しかし、今日は暑いのに不自然な気がする。

(もしかしたら……)

少しでも肌を隠そうとしているのではないか。勇士に見られるのがいやで、こんな格好をしているのかもしれない。

「春人くん、その顔は……」

怜子が春人の顔を見つめて息を呑んだ。外に出てくると、後ろ手に玄関のドアを閉めた。

「こんなになるまで……ひどい」

見るみる瞳を潤ませる。どうやら事情を知っているらしい。こみあげてくるものをこらえるように、下唇をキュッと嚙んだ。

「店長に聞いたんですね」

「ええ……」

怜子は遠慮がちにつぶやいた。

勇士から殴る蹴るの暴行を受けて、無様に失神したのを聞いたのだろう。格好悪いが、すべて事実なのだから仕方ない。店長が話さなくても、いずれ耳に入ることだった。

「勇士くんがひどいことをして、ごめんなさい」

怜子は申しわけなさそうに頭をさげた。

義理の息子がやらかしたことだ。親として謝罪しなければと思っているのだろう。しかし、怜子も被害者だということを春人は知っている。彼女のほうが、つらい思いをしているのだ。

「でも、どうして喧嘩になったの？」

「そ、それは……ちょっと、いろいろあって……」

言葉を濁すしかなかった。

原因は勇士が怜子を襲ったことにある。だが、それは口にできない。現場を見られていたと知ったら、さらに怜子を傷つけてしまう。彼女にとっては、一生隠しておきたい悪夢のような出来事だろう。

それに、春人も傍観していたことを知られたくなかった。あの場に居合わせておきながら、臆病風に吹かれて助けなかったのだ。そのことを思い出すたび、激しい自己嫌悪に陥った。

「店長と奥さんは？」

自分への苛立ちを抑えて質問する。とにかく、今は怜子の安全を第一に考えなければならない。

「さっきまでいてくれたんだけど、もう帰ったわ。お仕事もあるし、これ以上は悪いから……」

昨夜、店長夫婦は泊まっていったという。それなら、勇士に手を出されることはなかったはずだ。

「じゃあ……勇士くんは？」

名前を口に出すだけで、胸の奥に鈍い痛みがひろがった。

勇士が怜子を犯す光景が、また脳裏に浮かんでしまう。バックから好き放題に突きまくり、自分勝手に精液を注ぎこんだのだ。

「昨夜はずっと部屋にこもっていたわ。店長さんたちが帰ってから、ようやく出てきたの」

「今は、どこにいるんですか？」

ベンツがないので、この家にはいないはずだ。すでに東京に帰ったことを心から祈った。

「タバコを買いに行くって、出かけたわ」

怜子の言葉を耳にした瞬間、頭を殴られたようなショックを受けた。

――タバコだよ。女と一発やったあと、一服するのが最高なんだ。

勇士の言葉を思い出す。

昨日、コンビニでそんなことを言っていた。実際、怜子を犯したあと、うまそうにタバコを吸っていたのを目撃している。タバコを買ってきて、また怜子を犯すつもりなのではないか。

（や、やばい、このままだと……）

急激に焦りが濃くなっていく。

いずれ勇士は戻ってくる。だが、春人がどんなにがんばったところで、まるで敵わないことはわかっていた。

「怜子さん、逃げましょう」

切羽つまって、どうするのが正解なのかわからない。とにかく、この場を離れるべきだ。

「逃げるって、なにから?」

怜子が怪訝な顔になる。唐突な提案にとまどっているのがわかった。

「決まってるじゃないですか。あいつですよ」

「あいつって……勇士くんのこと?」

「そうです。早く行きましょう」

悩んでいる暇はない。こんなことをしている間に、勇士は戻ってくるかもしれないのだ。

「とりあえず、俺のアパートに……」

春人はとっさに彼女の手を握った。

「どうして……」

怜子が複雑な表情を浮かべて見つめてくる。身体に力が入っており、春人が手を引いても動こうとしなかった。

「どうして、わたしまで逃げるの？」

「それは……」

「もしかして、勇士くんがなにか言ったの？」

「い、いえ……」

春人は思わず言いよどんだ。

怜子は勇士に犯されてしまったが、春人は知らないことになっている。怜子はまさか見られたとは思っていないだろう。だから、勇士が話したと勘違いしたのかもしれない。

「あ、あんなやつといると……れ、怜子さんも危ないから……」

なんとかごまかそうとするが、歯切れが悪くなってしまう。とにかく、彼女をこの場から連れ出したかった。

ところが、怜子は深刻な顔で立ちつくしている。春人が手を引いても、身体にぐっと力をこめて抗った。なにかを考えこんでおり、地面の一点をじっと見つめていた。

「俺は、ただ――」

春人は困りはてて、脳裏に浮かんだ言葉を叫んだ。

「怜子さんを助けたいだけなんです！」

気づくと涙ぐんでいた。

恩を売ろうとか、感謝してもらえるとか、これで距離が縮まるとか、そんなことはいっさい考えていない。とにかく、怜子を悲しませたくない。純粋に助けたい一心だった。

「俺みたいに弱いやつなんて、頼りにならないのはわかっています。でも、今だけは俺を信じてください。ここにいると危ないんです。俺といっしょに逃げてください！」

涙を浮かべながら力説していた。

とにかく、必死だった。自分でも格好悪いと思うが、体裁を気にしている場合ではない。一刻も早く、この場から離れなければならない。勇士が帰ってきたら、また怜子が犯されてしまうのだ。

「怜子さん、早く！」

剣幕に驚いたのかもしれない。怜子が目をまるくして、春人の顔をまっすぐ見つめていた。

「ありがとう」

消え入りそうな声だった。

それでも、確かに聞こえた。小さな声だったが、その言葉は春人の心を震わせるのに充分だった。

「怜子さん……」

必死な気持ちが伝わったらしい。これでいっしょに逃げられる。怜子の安全を確保できるのだ。

あらためて、彼女の手を引こうとする。ところが、怜子はもう一方の手で、春人の手をそっと引き剝がした。

「でも、いっしょには行けないわ」

感情のこもらない平坦な声だった。

怜子はなぜか能面のような顔になって見つめてくる。急にどうしたというのだろうか。表情からはなにも読み取れない。まるで感情を失ってしまったかのようだ。考えていることが、まったくわからなかった。

（もしかして……）

勇士に犯されたことで、逆らえなくなっているのではないか。精神的に拘束されて、逃げることができないのかもしれない。

「大丈夫です。俺がずっといっしょにいますから」

なんとか説得を試みる。焦りが大きくなり、額から冷や汗が噴き出した。

「無理よ。春人くんでは、勇士くんに勝てないわ」

刃物のような言葉だった。

人は傷つきやすく脆《もろ》いものだ。怜子の放った鋭い言葉が、春人の胸に深々と突き刺さった。

怜子は一ミリも間違っていない。春人がどんなにがんばったところで、腕力では勇士に敵わない。昨日、そのことをいやというほど実感した。彼女の言葉は正しいだけに残酷だった。

「悪いけど、ひとりで帰ってくれる」

怜子は冷たく言い放つと背中を向けた。

「れ、怜子さん……」

心に受けた傷は大きい。春人は手を伸ばしかけるが、彼女を捕まえることはできなかった。

「もうすぐ、勇士くんが戻ってくるわ。春人くんが殴られるところは見たくないの。早く帰って」

怜子が家に入っていく。

春人はもう言葉を発することすらできず、彼女の背中を見送るしかない。玄関ドアが閉まり、絶望感が胸にどんよりとひろがった。


春人は自転車をよろよろ漕いでアパートに帰ってきた。

外階段をやっとのことで昇り、自室に入るとベッドに腰かける。とたんに全身から力が抜けて、がっくりとうなだれた。

自分が頼りにならないことは、わかっていたつもりだ。しかし、怜子の口からはっきり言われるとショックは大きかった。

（どうせ、俺なんて……）

腫れた顔に触ってみる。

あの男に立ち向かったところで、また殴り飛ばされるのは目に見えていた。今度はこれくらいではすまないだろう。二度と逆らう気が起きないように、徹底的に殴られるに違いない。

考えるだけで恐ろしくて膝が震えてしまう。

自分のような臆病者に、怜子を救うことなどできるはずがない。戦う以前に負けている。どうして助けられると思ったのか不思議なくらいだ。

（でも、怜子さんは……）

もっと怖い思いをしているに違いない。今ごろ、また勇士に襲われているかもしれなかった。

（なんとかしないと……）

奥歯をギリッと噛んで懸命に考える。あの男に立ち向かう術《すべ》が、なにかひとつくらいはあるはずだ。

人を集めて、怜子の家に向かうのはどうだろう。知り合いに片っ端から声をかければ、それなりの人数を集められると思う。ひとりひとりは非力でも、大勢で押しかければ勇士も怯《ひる》むのではないか。

それをやるには、みんなに事情を説明しなければならない。怜子が乱暴されたことを話すわけにはいかなかった。

（いや、ダメだ）

そのとき、ふと有紗に聞いた話を思い出した。

昨日、春人が殴られて気を失ったとき、駆けつけた店長が警察を呼ぶぞと怒鳴りつけたという。すると、あれほど暴れていた勇士が、意外にもあっさり立ち去ったらしい。

店長はひとりで勇士を怯ませた。特別、筋骨隆々としているわけではない。小柄な老人で、どちらかといえば弱そうに見える。それなのに、どういうわけか勇士は引きさがった。

（もしかして……）

確信はないが、なにかわかった気がする。

怜子が自ら逃げようとしない以上、わずかな可能性に懸けるしかない。春人は決意を固めると立ちあがった。

2

春人は再び怜子の家に向かっていた。

時刻はもうすぐ午後五時になろうとしている。準備があったため、思ったよりも遅くなってしまった。必死にペダルを漕いで森を抜けると、湖畔の家の前に自転車を停めた。

（遅かったか……）

胸に苦いものがひろがっていく。

黒塗りのベンツが停まっているのを見て、恐ろしい想像が脳裏に浮かんだ。勇士が戻っているのだ。もう手遅れかもしれない。先ほどの様子だと、怜子はいっさい抵抗できないだろう。

春人は自転車から降りて、ベンツにふらふらと歩み寄った。

時間のないなかで手はつくしたつもりだ。しかし、怜子を守れなければ意味はない。これでは見殺しにしたのと同じだ。

（結局、俺は……）

なにもできなかった。

助けたいと思っただけで、傍観していただけだ。自分自身に失望した。悲しくて情けなくて、いっそのこと消えてしまいたくなる。目眩《めまい》を覚えて、ベンツのボンネットに手をついた。

「あっ……」

そのとき、思わず小さな声が漏れた。

ボンネットが暖かい。手のひらに熱気がしっかり伝わってくる。おそらく、エンジンを切ってから、それほど時間が経っていない。勇士はまだ帰ってきたばかりなのではないか。

（間に合うかもしれない……）

そう思ったとたん、全身に力がみなぎった。

急いで玄関に向かうと、インターホンを鳴らすことなくドアレバーに手をかける。普段なら施錠されているが、鍵はかかっていなかった。きっと最後に通ったのは勇士だ。今度は絶対に尻込みしない。怜子が危険な目に遭っているなら、躊躇せずに飛びこむつもりだ。

だが、勇士が怜子を襲っているとは限らない。まずは状況を確認する必要がある。慎重にドアを開けると、玄関にそっと足を踏み入れた。

黒い革靴がある。勇士の物に間違いない。春人はスニーカーを脱ぎ、足音を忍ばせながら廊下を進んだ。

「絶対にいやよ」

怜子の声が聞こえた。

なにやら緊迫した空気が漂っている。きっぱりした口調から、彼女の強い覚悟が伝わってきた。

どうやら、リビングにいるらしい。春人は音を立てないように気をつけて、リビングのドアに歩み寄った。

ドアは木製で、上半分に正方形のガラスが六つはめこまれている。そこから室内の様子が確認できるはずだ。壁に貼りつくような体勢で顔を近づけると、片目だけでリビングをのぞきこんだ。

（怜子さん……）

彼女の姿を目にして、緊張感が高まった。

怜子は三人がけのソファの中央に腰かけている。背すじをすっと伸ばして、太腿のつけ根に両手を置いていた。

その真正面に、勇士が腕組みをして立っている。スラックスにワイシャツを着て、ネクタイは締めていない。鋭い目をギラつかせており、口もとにはいやらしい笑みを浮かべていた。

怜子は昼間と同じ服装だ。

黒いレースの長袖ワンピースと黒いストッキングは、やはり肌を隠すためだったのだろう。しかし、黒髪をアップにまとめているため、白い首すじが露になっていた。

「もう、あなたの言いなりにはならないわ」

怜子の凜《りん》とした声が響き渡った。

視線はまっすぐ義理の息子に向けられている。同じあやまちを二度とくり返さないという強い意志が感じられた。

「今日はずいぶん強気だな」

勇士はヘラヘラしながら語りかける。

一度、身体を重ねた余裕かもしれない。肩を揺らして、さもおかしそうに笑っていた。

「もしかして、俺の帰りが遅かったから臍を曲げたのか？」

からかいの言葉をつぶやくと、勇士はガラステーブルに置いてあるタバコを見やった。

「タバコを買いに行ったら、パチンコ屋があったから寄ったんだよ。ちょっとのつもりが、ついつい長居しちまった」

勇士の言葉から状況が見えてきた。

どうやら、寄り道をして帰りが遅くなったらしい。つまり、怜子はまだ襲われていないのだ。

（間に合ったんだ……）

　春人は廊下で密かに拳を握りしめた。

　腕力では敵わないとわかっている。怜子にも、勇士には勝てないとはっきり言われた。

　だが、それでも逃げるつもりはない。負けるとわかっていても、男なら戦わなければならないときがある。タイミングを見計らって飛びこむつもりだ。ここで立ちあがらなければ一生後悔するだろう。

「昨日は邪魔が入って抱いてやれなかったからな。そのぶん、たっぷりサービスしてやるよ」

　勇士が無造作に手を伸ばす。そして、今にもワンピースの乳房のふくらみに触れようとしたときだった。

「触らないで」

　鋭い声とともに、怜子がその手をはねのけた。

「おい……」

　勇士の目つきが変わった。声のトーンも低くなり、全身から危うい雰囲気が漂いはじめた。

「いい加減にしろよ。女だから殴られないと思ってるのか。やさしくしているうちに、言うことを聞いたほうがいいぞ」

どすの利いた声が響き渡る。男でも震えあがるような迫力だ。ところが、怜子は一歩も引こうしない。

「暴力で女が言いなりになると思ったら大間違いよ」

背すじを伸ばしたまま言い返した。

前回のことをよほど後悔しているのだろう。彼女の意外な一面を垣間見《かいまみ》た気がした。

（でも、あんまり煽ると危ないですよ）

春人は心配になり、ドアレバーにそっと手をかける。そのとき、再び勇士が口を開いた。

「おとなしくやらせないと、また春人のやつをぶん殴るぞ」

突然、自分の名前が出て困惑する。

怜子はここまで、いっさい怯まなかったのだ。たとえ目の前で春人を殴ったところで、脅しにもならないだろう。

ところが、怜子は微かに眉を寄せると、悔しげに下唇を噛んだ。

「卑怯《ひきょう》よ……」

声に動揺が滲んでいる。強気な態度を崩さなかった怜子が、はじめて視線をそらしてうつむいた。

「やっぱり、そういうことか」

勇士が勝ち誇ったようにほくそ笑む。そして、怜子の身体に卑猥な視線を這いまわらせた。

(なんだ……なにが起きたんだ？)

意味がわからず首をかしげる。

いったい、どういうことだろうか。春人はリビングに飛びこむタイミングを失い、廊下に立ちつくしていた。

「春人はあんたにベタ惚れだからな。それに気づいて、あんたもあいつのことを好きになっちまったのか」

衝撃的な言葉だった。

まさか勇士に見抜かれていたとは思いもしない。そして、勇士が言うには、怜子も春人に気があるという。

(い、いくらなんでも……)

そんなことはないと思いつつ、怜子の答えが気になってしまう。春人はますます動けなくなり、廊下からリビングをのぞきつづけた。

「春人くんは関係ないでしょ」

怜子が苦しげにつぶやく。瞳は泳いでおり、うっすら潤んでいた。

「あいつは甥だぞ。本気なのか？」

からかいの言葉を浴びせられても、怜子はいっさい反論しようとしない。悔しげにうつむくだけだった。

「親父が知ったら驚くぞ。自分の妻が、甥っ子を好きになっちまったんだ。こいつは傑作だな」

勇士の下卑た笑い声が、不快に鼓膜を振動させる。だが、それ以上に怜子の気持ちが気になった。

（れ、怜子さん……本当なんですか？）

まったく予想外の展開だ。

昼間、怜子に冷たく追い返されたことを思い出す。あれは、どういうことだったのだろうか。

「それにしても妙だな。俺がここにいることを知ってるのに、あいつはどうして来ないんだ。あんたのことが心配じゃないのか。まあ、のこのこやってきたら、またぶん殴ってやるけどな」

「春人くんには手を出さないで」

怜子の言葉を聞いたとき、ようやくわかった気がした。

（きっと、俺のために……）

わざと冷たい態度を取って、春人を追い返したのだろう。

勇士に鉢合わせすれば、また暴力を振るわれるかもしれない。怜子はそれを恐れたに違いない。春人を守るため、心を鬼にして情け容赦ない言葉を浴びせかけたのだ。

「そんなに春人が大切か」

勇士が問いかけるが、怜子はうつむいたまま答えない。だが、彼女の横顔には切実な想いが滲んでいる気がした。

「おとなしくやらせないと、また春人をぶん殴るぞ」

勇士が再び手を伸ばす。そして、ワンピースの乳房のふくらみをわしづかみにした。

「ンっ……」

「今度は抵抗しないのか。ってことは、やっぱり春人のことが好きなんだな」

ニヤけながら乳房を揉みあげる。ワンピースの上から、両手で双つのふくらみをこねまわした。

「い、いや……」

怜子の唇から小さな声が漏れる。しかし、男の手を振り払うことはない。されるがままになっていた。

「まあ、どっちでもいいや。俺は、あんたと気持ちいいことができれば、それでいいんだからよ」

どこまで下衆《げす》な男なのだろう。春人を殴ると脅して、怜子を抵抗できなくしてからセックスするつもりだ。

（許せない、こいつだけは……）

怒りが頂点に達していた。

全身が熱く燃えあがり、もう自分を抑えることができなくなる。ドアを開け放つと、後先考えずに飛びこんだ。

「この野郎っ！」

大声で叫びながら駆け寄ると、両手をしっかり組んで振りあげる。

不意を突かれた勇士は無防備だ。しかも、怜子の乳房を揉んでいるため、中腰の体勢になっている。春人は勇士の頭に向かって、組んだ両手を思いきりたたきつけた。

「怜子さんから離れろっ！」

「うぐッ……」

両手に確かな手応えがあり、勇士の巨体がガクンッと沈みこむ。頭部に全力の一撃を受けて、さすがに応えたらしい。片膝をつくと、顔をしかめながらこちらを見あげてきた。

「て、てめぇ……」

声に怒りが滲んでいる。勇士はゆらりと立ちあがり、春人の胸ぐらをつかむとグラグラ揺さぶった。

だが、春人の心が揺らぐことはない。怜子という力強い味方がいる。心のつながりを感じて、それが未知の力を生み出していた。怜子を守ると同時に、春人も彼女に守られているのだ。

「ぶっ殺してやるっ」

勇士が恐ろしい言葉を振りまき、拳を振りあげるのが見えた。しかし、同時に視界の隅には怜子の姿も映っている。突然のことに驚いているが、見開かれた瞳から熱いものが伝わってきた。

（俺が守ります！）

絶対にあきらめない。惚れた女性を守れる強い男になると決めたのだ。春人は強い気持ちで拳をくり出した。

「ぐはッ……」

再び手応えがあり、勇士の巨体が仰け反った。

春人の渾身《こんしん》のパンチが顔面を捉えたのだ。しかし、それくらいで怯む勇士ではない。片手で胸ぐらをつかんだまま、拳をガンガン振りおろしてくる。春人も応戦して、互いに顔面を殴り合う。

（負けない……絶対に負けないぞ）

何発殴られても必死に食いさがる。春人のパンチも何発か命中して、勇士が鼻血を出すのが見えた。

昨日とは違う。ダメージは春人のほうが大きいが、気持ちでは負けていない。顔をさげることなく、拳をくり出しつづけた。

怜子の叫ぶ声が聞こえるが、内容まではわからない。その直後、大勢の男たちがリビングに入ってきて、春人と勇士を引き離した。

「なんだ、おまえら！」

勇士が大声でまくし立てる。

怒りで我を忘れているのか、目を血走らせて手足をバタつかせた。しかし、制服姿の男たちに押さえられて身動きできない。春人も同じように押さえつけられていた。

「香川勇士だな。おとなしくしろ」

男たちは警察官だ。彼らがやってきたということは、おそらく春人の読みが当たったのだろう。

「クソッ、どうなってんだ！」

勇士はいつまでも暴れている。これだけ抵抗するのだから、きっと心当たりがあるに違いなかった。

春人はここに来る前に、警察署に立ち寄った。そして、勇士が帰省していることを伝えたのだ。

勇士は東京で怪しい仕事をしているようだった。警察をずいぶん気にして、逃げているように感じた。店長が「警察」と口にしただけで退散したと聞いたときも、なにかおかしいと思った。

東京でなにかやらかしているはずだ。勇士の話しぶりからして、詐欺か悪徳商法ではないかと春人は踏んでいた。

なにもなかった場合に備えて、昨日、勇士に殴られたことを話しておいた。先に手を出したのは春人だが、いざとなったら傷害罪で訴えるつもりだ。顔の怪我を見せると、警察は真摯《しんし》に話を聞いてくれた。

すべては怜子を助けるためだ。

自分ひとりの力ではどうにもならないことはわかっていた。警察に訴えるのはどうかと思ったが、手段は選んでいられなかった。

ほっとしたとたん、意識がすっと遠のきそうになる。警察官に支えられていなかったら、その場に倒れていただろう。

「春人くんっ」

そのとき、怜子の声が聞こえた。

気づくと目の前に彼女の顔があった。潤んだ瞳で見つめられて、春人は痛みをこらえながら笑みを浮かべた。

――俺、がんばったよね。

思ったよりも顔が腫れているらしい。口のなかも切れており、うまくしゃべれなかった。それでも言いたいことは伝わったようだ。怜子は涙を流しながら、何度もうなずいてくれた。

「うん、うん、がんばったわ。ありがとう」

なによりも彼女に褒められたことがうれしい。勇気を出して立ち向かったことで、ほんの少しだけ強くなれた気がした。

3

勇士が逮捕されて、一週間が経っていた。

やはり東京で窃盗や詐欺にかかわっていたという。そうやって違法に稼いだ金を、ギャンブルに注ぎこんでいたらしい。東京で警察にマークされており、ほとぼりが冷めるまで、こちらに身を潜めているつもりだった。ところが、おとなしくしていられず墓穴を掘ったのだ。

有紗と夫は元サヤに収まった。

春人の看病をして深夜に帰った日、有紗と夫は口論になったようだ。有紗はバイト仲間と飲んでいたの一点張りで押しきった。そして、夫の浮気の件を持ち出して反撃に転じたらしい。浮気がバレているとは思いもしなかったのだろう。夫の動揺は激しく、平謝りだったという。

──浮気をしたのは、わたしも同じだしね。

有紗がそう言って、楽しげに笑っていたのが印象に残っている。とにかく、まるく収まってよかった。

そして、春人は今日からアルバイトに復帰していた。

顔の腫れはすっかり引いている。唇の端に微かな傷が残っているが、数日中には消えるだろう。

先ほどアルバイトが終わり、春人は自転車を漕いでいる。気持ちがはやり、ついつい速度があがってしまう。

この一週間、春人はひとり暮らしのアパートではなく、湖畔にある怜子の家に寝泊まりしていた。だが、残念ながら寝る部屋は別々だった。

──怪我が治るまではお預けよ。

もしかしたら、あの言葉が効いたのかもしれない。

怪我は思っていた以上に早く治り、アルバイトにも復帰した。もう全快と言っていいだろう。

一週間、我慢してきたのだ。伝えたいこともあったが、じっと耐えてきた。口にすれば我慢できなくなるのはわかっていた。

怪我が治るまでは、おとなしくしていると約束した。おそらく、怜子も心の準備をする時間が必要だったのではないか。なにしろ、伯母と甥という関係だ。真剣だからこそ、簡単には結論が出ないのだろう。

(きっと、今夜……)

春人の気持ちはとうに固まっている。あとは怜子が受け入れてくれるかどうかだった。

森を進むと、夕日を浴びた湖が見えてくる。

黄金色に光り輝き、まるで燃えているようだ。胸のうちに秘めた情熱が、目に見える形になって現れた気がした。

春人は自転車を降りると、急いでインターホンを鳴らす。応答を待っていられず、玄関ドアを開いた。

「怜子さんっ」

スニーカーを脱ぎながら呼びかける。すると、怜子が驚いた顔でリビングから現れた。

「お帰りなさい」

高貴な楽器を思わせる声が耳に心地いい。

怜子は純白のワンピースを纏っている。それがウェディングドレスのように見えて、さらに気持ちが高揚した。

「こっちに来てください」

春人は彼女の手首をつかむと階段を昇りはじめる。そして、二階の廊下を早足で歩いていく。

「そんなに慌てて、どうしたの？」

「見せたいものがあるんです」

説明するより、一刻も早く見せたい。寝室に入ると、彼女の手を引いて窓に駆け寄った。

「あれです」

窓を開け放てば湖を見渡せる。夕日を浴びて眩いまでに輝く湖面が、息を呑むほど美しい。

「素敵……」

怜子がぽつりとつぶやいた。

ここに住んでいる彼女は、何度も目にしている光景だろう。それでも、ふたりで見るからこそ特別になると信じたい。実際、怜子は感動的な表情で湖を見つめていた。

怜子の潤んだ瞳に湖の煌《きら》めきが反射している。彼女が心をときめかせているのがわかるから、春人の気持ちも高まっていく。

この景色に出会えてよかった。怜子を好きになってよかった。短期間にいろいろなことが起きたが、すべてはこの瞬間のためだったのではないか。いつしか湖ではなく、彼女のうっとりした横顔に見惚れていた。

「きれいね」

怜子の瞳は湖に向いている。湖面を渡ってくる涼しい風が、艶やかな黒髪をなびかせていた。

「ええ……すごくきれいです」

もう湖など目に入らない。春人は彼女の横顔だけを見つめていた。

「どこを見てるの？」

視線に気づいて、怜子が照れたようにつぶやく。夕日を浴びているが、頬が赤く染まっているのがわかった。

今日、この瞬間、この素晴らしい光景に出会えたのは、意味があることのように思える。胸のうちで燃えたぎる情熱を伝えたい。彼女は伯母だが、そんなことは関係ない。ひとりの女性として惹かれていた。

「怜子さん……好きです」

瞳を見つめて、熱い想いを言葉に乗せる。いろいろ語るつもりはない。春人の気持ちは、そのひと言に集約されていた。

「うれしい……」

怜子の瞳に見るみる涙が盛りあがり、ついに決壊して頬を伝った。

「わたしも、春人くんが好き」

心が震えるほどの感動が押し寄せる。

もう言葉はいらない。春人は思わず女体を抱きしめた。すると、怜子もすかさず両手を背中にまわしてくれる。ふたりはしっかり抱き合うと、どちらからともなく唇を重ねた。

その瞬間、心が通い合うのがわかった。

熱い想いがこみあげて、もっと深くつながりたくなる。夢中になって舌を伸ばすと、怜子の口内に差し入れた。

熱い抱擁をしながらのディープキスだ。柔らかい舌をからめとれば、彼女もやさしく吸いあげてくれる。唾液を交換して味わうことで、一体感がどんどん高まっていく。それにともない欲望もふくれあがった。

「怜子さん……」

「ああっ、春人くん」

名前を呼び合えば、どこまでも気持ちが高揚する。

キスだけでは満足できない。心が、身体が、さらなる濃厚なつながりを求めている。ひとつになりたい。身も心もひとつになり、互いの想いを確認したい。もう高まる気持ちを抑えられなかった。

彼女のワンピースを脱がしにかかる。背中のファスナーをおろすと、ワンピースをまくりあげて頭から抜き取った。

「おおっ……」

春人は思わず感嘆の声を漏らしていた。

成熟した女体に纏っているのは、純白レースのブラジャーとパンティ、それにガーターベルトとセパレートタイプのストッキングだ。湖面に反射する夕日を浴びて、女体が幻想的に輝いていた。

「きれいです……すごく、きれいです」

見ているだけで涙が溢れそうになる。それほど心動かされていた。

「恥ずかしいけど……春人くんに、喜んでもらいたかったから」

怜子は頬をぽっと赤らめた。

春人の気持ちに応える準備ができていたのだろう。そして、刺激的なランジェリーを身に着けて。春人の帰宅を待っていてくれたのだ。なにより、その気持ちがうれしかった。

「春人くんも……」

怜子がTシャツを脱がしてくれる。そして、目の前にしゃがみこむと、ジーパンのボタンをはずしてファスナーを引きさげた。

ジーパンとボクサーブリーフをまとめて脱がされて、ペニスが剝き出しになった。ディープキスを交わしたことで興奮が高まり、すでに雄々しくそそり勃っていた。

「もう、こんなに……」

怜子がささやくと、熱い吐息が亀頭にかかる。それだけで快感がひろがり、先端から透明な汁が溢れ出した。

「ああっ、春人くん」

愛おしげに名前を呼んだ直後、怜子の唇が亀頭に覆いかぶさった。

両膝を絨毯についた状態でのフェラチオだ。柔らかい唇をカリ首に密着させると、舌で先端を舐めまわしてくる。唾液を塗りつけるようにヌメヌメと這いまわり、さらにはチュウチュウと吸いあげた。

「ううッ、い、いきなり……」

やさしくも情熱的な愛撫に、たまらず呻き声が漏れてしまう。

股間を見おろせば、セクシーなランジェリーを身に着けた怜子が、勃起したペニスを咥えている。しかも、彼女は上目遣いに見あげながら、首をゆったり振りはじめた。

「ンっ……ンっ……」

微かに鼻から漏れる声も色っぽい。硬い肉棒の表面を柔らかい唇が滑り、蕩けそうな快楽が湧きあがった。

「そ、それ、気持ちいいです」

ふたりの視線は重なったままだ。春人がつぶやくと、怜子はうれしそうに目を細める。そして、長大なペニスを根元まで呑みこみ、頬がぼっこり窪むほど吸茎した。

「はむぅうッ」

「おおッ、す、すごいっ」

尿道のなかの我慢汁が吸い出されていく。強烈な刺激が駆け抜けて、ペニスはますます硬くなった。

「ああっ、男らしい……春人くん」

怜子は喘ぐようにつぶやき、肉柱に唇を滑らせる。

憧れつづけた女性にペニスをしゃぶられているのだ。夢のような快楽がひろがり、我慢汁が次から次へと溢れ出す。湖面で反射した夕日が、彼女の横顔を美しく照らしていた。

この快楽をいつまでも味わっていたいが、これ以上つづけられたら暴発してしまう。それほどまでに興奮が高まり、彼女の口内でペニスはパンパンに張りつめていた。

「今度は俺が……」

春人が声をかけると、怜子はペニスから口を離して立ちあがった。

女体を抱きしめて、ブラジャーのホックをはずす。カップをずらすと、量感のある乳房が現れた。下膨れしてたっぷりしており、曲線の頂点では桜色の乳首が揺れている。

（なんてきれいなんだ……）

この感動を言葉で表現するのはむずかしい。

外見的な美しさだけではなく、清らかな心が滲み出ている。乳房のまろやかさに引きこまれて、しばし呼吸するのも忘れていた。

「そんなに見られたら……」

怜子が恥ずかしげにつぶやく。両手で乳房を覆い隠し、内股になってくびれた腰をくねらせた。

「す、すみません……ここに座ってください」

春人は慌てて彼女を出窓に座らせる。すると、夕日がよりいっそう眩くなり、まるで後光が差しているようだった。

今度は春人がしゃがみこみ、パンティのウエスト部分に指をかける。ゆっくり引きさげると、彼女は尻を少し浮かせて協力してくれた。パンティをおろしてつま先から抜き取れば、怜子はガーターベルトとセパレートのストッキングだけというセクシーな姿になった。

全裸よりもかえって刺激的な格好だ。股間には漆黒の陰毛がそよいでいる。内腿をぴったり閉じているのも、恥じらいが感じられて興奮した。

「ま、待って……」

怜子がつぶやくが、春人は両膝に手をかける。そして、徐々に力をこめて左右に割り開いた。

「ああっ」

濃い紅色の女陰が露になり、怜子の唇から小さな声が漏れる。美貌を羞恥に染めあげて、首を左右に振りたくった。

陰毛が茂るすぐ下に、赤々とした割れ目が見えている。彼女も興奮していたらしく、たっぷりの華蜜で潤っていた。しかも、女陰は刺激を欲するようにウネウネと蠢いているのだ。

春人は吸い寄せられるように顔を埋めると、舌を伸ばして女陰を舐めあげた。

「あンンっ、そ、そんな……」

怜子の唇から艶めかしい声が溢れ出す。

出窓に腰かけて、脚を大きく開いた格好だ。燃えるような夕日のなか、股間をしゃぶられて喘いでいた。

「すごい、どんどん溢れてきます」

春人は夢中になって女陰を舐めまわし、唇を密着させては溢れる華蜜をすすりあげる。喉を鳴らして嚥下すると、怜子は首を左右に振りながらも明らかに感じはじめた。

「あっ……あっ……ダ、ダメ、吸わないで」

口ではそう言っているが、両手で春人の頭を抱えこんでくる。白い内腿に小刻みな痙攣が走り、華蜜の量も増えていた。

彼女の反応に気をよくして、春人は舌先を膣口に埋めこんでいく。ヌプリッと押しこみ、浅瀬をクチュクチュとかきまわす。すると怜子は腰を震わせて、甘い声を振りまいた。

「ああっ、そ、それ、あああっ」

膣内を舐めながら、溢れる華蜜で喉を潤す。ペニスはこれ以上ないほど硬くなり、大量の我慢汁を垂れ流していた。

もう、我慢できない、愛蜜を味わったことで興奮が倍増している。早くひとつになりたくてたまらない。春人は股間から顔を離して立ちあがり、口のまわりに付着した愛蜜を手の甲で拭った。

「湖を見ながら……」

怜子の手を取って立ちあがらせる。そして、後ろ向きにすると、出窓に両手をついてもらった。

「こんな格好、恥ずかしいわ」

怜子がまっ赤な顔で振り返る。

腰を九十度に折り、前かがみになった状態だ。自然と尻を後方に突き出す格好になり、肛門も膣口もまる見えだった。

「すごく色っぽいですよ」

春人は彼女の背後に立つと、むっちりした尻たぶを両手で撫でまわす。そして、屹立したペニスを女陰にあてがった。

「あンっ……」

彼女の唇から甘い声が漏れる。

そのまま亀頭をゆっくり押しこめば、剝き出しの背中が反り返る。やがて根元まで埋まり、太幹と膣口の隙間から透明な汁が溢れ出した。

「ああッ、お、大きいっ」

「おおッ、は、入りましたよ」

怜子の喘ぎ声と春人の呻き声が交錯する。

立ちバックで挿入したのだ。性器がつながったことで、身も心もひとつになった感動が押し寄せた。

「こ、これで……これで、怜子さんは俺のものだ」

双臀を抱えこんで興奮のままつぶやけば、怜子は出窓に爪を立てて何度もうなずいた。

「そ、そうよ、わたしは春人くんのものよ。ああっ、だから……」

焦れたように腰をくねらせる。挿入しただけでは満足していない。ピストンを欲しているのは明らかで、自ら尻を前後に振りはじめた。

「あンっ……ああンっ」

「れ、怜子さんが腰を……くううッ」

臀裂の狭間《はざま》を見おろせば、女壺に出入りする男根を確認できる。愛蜜にまみれた太幹がヌルヌル滑る様が卑猥なことこのうえない。春人はくびれた腰をわしづかみにすると、力強く腰を振りはじめた。

「おおッ……おおおッ」

「あッ、ああッ、い、いいっ」

すぐに怜子が喘ぎはじめる。求めていた快感がひろがっているのか、女壺が猛烈に収縮してペニスを締めつけてきた。

抽送速度が自然とあがっていく。張り出したカリで膣壁を擦りあげて、亀頭の先端で子宮口をノックする。無数の膣襞が竿にからみつき、さらなる愛蜜が溢れ出す。ヌルヌル滑る快楽がふくらみ、射精欲が急激に押し寄せてきた。

「ああッ、いいっ、春人くん、気持ちいいっ」

怜子が潤んだ瞳で振り返る。その向こうには夕日に染まった湖が見えた。

「お、俺も、ううッ、俺も気持ちいいですっ」

春人も快楽を訴えると、彼女はうれしそうに目を細める。

もう、ふたりとも昇りつめることしか考えていない。息を合わせて腰を振り合い、貪欲《どんよく》に快感を求めつづける。春人は女体に覆いかぶさると、両手を前にまわしこんで乳房を揉みあげた。

「あああッ、いいっ」

乳首を指の間に挟むことで、怜子の喘ぎ声が高まった。

「くううッ、し、締まるっ」

もう、これ以上は我慢できない。怜子と快楽を共有したくて、腰をガンガンぶつけると、ペニスを最深部までたたきこんだ。

「おおおッ、で、出るっ、出る出るっ、ぬおおおおおおおッ！」

「はあああッ、いいっ、イクッ、イクイクッ、あああああああッ！」

女壷の深い場所で精液をぶちまけると同時に、怜子もアクメのよがり泣きを響かせる。凄まじい悦楽の嵐が吹き荒れて、全身が天高く巻きあげられたような錯覚に囚われた。

この世のものとは思えない愉悦に包まれて、これまで経験したことのない多幸感が押し寄せる。ふたり同時に昇りつめることで、より一体感が強まった。

（もう、一生離しません……）

息が切れて言葉にならない。

それでも気持ちは伝わっている。絶頂の余韻が色濃く残るなか、怜子が歓喜の涙を流して振り返った。

ふたりは無言のまま唇を重ねて、舌をねっとりからませる。黄金色に輝く湖を望みながら、永遠の愛を誓い合った。

三交社文庫
SEJ-048

湖畔の未亡人

2021年10月15日　第一刷発行

著　　者　葉月奏太
発 行 者　岩橋耕助
編　　集　株式会社メディアソフト
〒110-0016
東京都台東区台東4-27-5
TEL. 03-5688-3510（代表）　FAX. 03-5688-3512
http://www.media-soft.biz/
発　　行　株式会社三交社
〒110-0016
東京都台東区台東4-20-9　大仙柴田ビル2F
TEL. 03-5826-4424　FAX. 03-5826-4425
http://www.sanko-sha.com/
印　　刷　中央精版印刷株式会社
装丁・DTP　萩原七唱

ISBN978-4-8155-7548-9